삶이 그림을 만날 때

삶이 그림을 만날 때

개정판

안경숙 지음

휴엔스토리

당신의 그림은 무엇입니까?

몇 년 전 출간했던 명화 에세이 《삶이 그림을 만날 때》를 재출간하게 되었습니다. '삶이 그림을 만날 때'는 그림에 대한 저의 신념을 담은 제목이며, 당신의 삶에 그림이 깃들기를 바라는 마음으로 엮은 책입니다.

제 책을 가장 소중한 사람에게 건네주었다는 이야기, 그리고 함께 읽으며 마음을 나눴다는 이야기를 들었을 때 가슴이 뭉클했던 기억이 납니다. 또한 아직까지도 꺼내보게 되는 책이라는 말을 들었을 때는 보람도 느꼈습니다. 이 작은 책이 누군가와 마음을 나눌 수 있는 시간을 선사했다는 사실만으로도 뿌듯한데, 오랜 시간이 지났음에도 여전히 사랑해주시는 독자분들이 계셔서 더욱 감사한 마음입니다.

이 책은 저의 그림 사랑을 오롯이 담아 정성스럽게 엮은 첫 번째 저서로, 여러분의 많은 성원에 힘입어 중쇄를 찍기도 했습니다. 감사하게도, 이 책을 더 이상 누군가와 나누지 못해 아쉬워하는 분들께 리커버리 에디션을 선보이게 되어 무척 설레는 마음입니다. 예전에 낸 제 첫 책이 새 옷을 입고 다시 세상에 나올 수 있게 된 것은 모두 독자 여러분의 사랑 덕분입니다.

저는 어린 시절부터 꾸준히 그림을 사랑해 온 사람으로서, 그림을 가까이 하고 싶어도 어렵게 느껴져 쉽게 접하지 못했던 많은 분들께 조금은 색다른 그림 이야기를 들려주고 싶었습니다. 하여 이 책에는 저 혼자만 보기 아까운 그림들을 선별해 삶의 이야기를 담았습니다.

그림이란 연구해야 할 부담스럽고 묵직한 대상이 아니라 기쁠 때나 슬플 때 또는 힘들 때도 함께하는 삶의 동반자라고 생각합니다. 그림 속에 담긴 희로애락을 통해 아픔을 치유하고 용기를 얻고 사랑을 발견할 수 있다고 믿습니다.

이 책에서 당신은 80여 점의 그림을 만나게 될 것입니다. 당신을 송두리째 사로잡는, 내 그림이다 싶은 명화를 만날 수 있기 바랍니다. 그리고 당신의 삶이 그림 같은 순간들로 가득하기를 바랍니다.

《삶이 그림을 만날 때》의 개정판이 나올 수 있도록 사랑해주신 독자 여러분, 그리고 제 첫 책이 세상에 나올 수 있게 채택해주시고 지금도 응원해주시는 북웨이 출판사 대표님, 마지막으로 이 책의 가치를 알아봐주시고 많은 분들께 읽혔으면 하는 바람으로 개정판을 출간해주신 휴앤스토리 대표님께 진심으로 깊은 감사의 말씀을 드립니다.

이 책은 프롤로그부터 이야기가 시작됩니다. 하여 그 당시의 프롤로그를 그대로 담았습니다. 자, 이제부터 저와 함께 행복한 그림 산책을 떠나보실까요?

2018년 10월
안경숙

지하철 옆자리에 앉은 아이가 자그마한 손으로 연필을 꼭 쥐고 도화지에 무언가를 그리고 있었습니다. 아이의 엄마는 열심히 그림을 그리는 아이의 모습을 한참 동안 기특하게 바라보더니 이내 이렇게 묻더군요.

"우리 딸은 커서 뭐가 되고 싶어?"

아이는 주저 없이 대답했습니다.

"화가요."

역시나 싶은 답이 나왔습니다. 어린 시절에는 도화지와 연필만 쥐면 너도 나도 화가의 꿈을 꾸곤 하니까요. 도화지에 얼굴이 닿을락 말락 온 정성을 다해 그림을 그리는 아이의 모습에서 어린 시절의 저를 보았습니다. 그림 한 점 없는 동화책을 읽으며 제 그림으로 빈 공간을 꽉 채우던 모습이 떠올랐거든요. 생활이 넉넉한 친구에게 빌려 보던 컬러 동화책이 부러울 때도 있었지만 이제 와서 생각해보니 제가 그림을 좋아하게 된 건 어쩌면 그림 없는 동화책의 빈 페이지마다 이야기를 꾸미고 제 그림을 가득 채워 넣던 그때부터가 아닐까 싶습니다.

텔레비전 화면에 스치듯 지나간 그림의 한 장면에 반해서 작품과 화가의 정보를 찾는 것은 이제 일상이 되었습니다. 음반을 살때는 이왕이면 표지에 명화가 담긴 것을 고릅니다. 표지 그림과음악 혹은 작곡가와의 상관관계를 나름대로 상상해볼 수 있거든요. 가로수를 따라 펄럭이는 전시회 현수막은 언제나 걸음을 멈추게 합니다. 낯선 여행지에서도 미술관은 필수 코스이고, 들렀다하면 화집 구입은 결코 잊지 않습니다. 때로는 미술관에 전시된작품을 마주 보며 수첩에 스케치할 때도 있습니다. 대가의 근처에도 못 갈 실력이지만 그들의 작품이 제 손에서 저만의 느낌으로다시 탄생하는 순간의 떨림은 삶의 기쁨에 한몫을 합니다.

시간이 흘러 산다는 게 뭔지 어렴풋이나마 알게 되면서부터 그림에 더욱 빠지게 되었습니다. 그림에는 우리네 삶이 고스란히 담겨 있다는 것도 그 무렵 깨닫게 되었지요. 사는데 바빠 잠시 잊었다가도 '되오면 그 자리에' 서지듯 또다시 그림 주변을 맴돌게 되더군요. 살면서 좋은 그림을 만날 수 있다는 것은 좋은 사람을 만나는 것만큼이나 행복한 경험입니다. 그림에도 '일기일회一期一會'가 적용되는 셈이지요. 돌이켜보면 지금까지 조우한 그림들은 기쁠 때나 슬플 때 또는 힘들 때도 함께 한 삶의 동반자였던 것 같습니다.

"미술 전공하셨나봐요?"

전시회에 자주 다니다 보니 이런 질문을 자주 받곤 합니다. 그러나 제가 미술과 무관한 일을 하고 있다는 것을 알고 나면 어김없이 '참 별일이네' 혹은 '취미가 고상하군' 하는 반응이 되돌아옵니다. 그림이 아직도 우리 일상과 동떨어진 고매한 예술, 다시 말해 일상의 동반자가 아닌, 감상해야 할 그 무엇으로 취급받고 있다는 현실의 반증이 아닐까 하는 생각에 내심 안타까웠습니다. 그래서 제가 기록해온 소소한 이야기들을 함께 나눠보고 싶었습니다. 대단한 필력을 지닌 것은 아니지만 그림은 곧 삶이고 삶은 곧 그림이라는 제 나름의 주장에 힘을 실어보고도 싶었습니다.

지금까지 접한 그림이 제법 많습니다. 그중에서도 일상의 순간순간에 어울리는 그림들, 저 혼자만 보기 정말 아까운 그림들을 선별해 저만의 이야기를 담았습니다. 어디선가 봤음직한 그림은 물론, 생소한 그림도 있을 겁니다. 자신을 만족시키기 위해 쓴 글은 아무런 의미가 없다고 말한 건 파스칼이었던가요. 글을 쓰면서 한시도 이 말을 잊지 않도록 노력했습니다. 별다를 것 없는 일상과 기억의 편린들입니다만 오히려 그렇기 때문에 여러분이 제 이야기에 고개를 끄덕여주시고, 더 나아가 그림에 한 발짝 더 다가가고 싶어지신다면 그야말로 큰 보람이 아닐 수 없을 겁니다.

글을 쓴다는 그 자체만으로 즐거웠지만 아쉬움과 미련이 남는 것은 어쩔 수가 없네요. 처음 세상에 내놓은 만큼 혹시 정보에 오류가 있거나 해석에 잘못된 점이 있다면 앞으로 차근차근 보완하겠습니다.

제 책이 출간되었다는 소식을 꼭 전해드리고 싶은 분들이 있습니다. 살아생전 늘 격려해주셨던 아버지, 언제나 용기를 북돋아주는 소중한 가족, 머나먼 프랑스에서도 제 일에 아낌없는 성원을 보내주는 프랑스 지인들, 그리고 친구들입니다. 마지막으로 제 원고를 채택해주신 북웨이 출판사에 감사의 말씀을 전하고 싶습니다.

"훌륭한 화가는 자신의 그림으로
우리에게 영향을 끼치는 것으로 그치지 않고
종국에 가서는 우리 마음속의 풍경까지 바꿔놓는다."

– 오르한 파묵 〈내 이름은 빨강〉 중

2013년 4월
안경숙

차
례

삶에

쉼표 찍기

가던 길
멈추고

여기는 미국 워싱턴의 지하철역입니다. 모퉁이에 자리 잡은 거리의 악사가 활을 가다듬으며 공연을 준비하고 있습니다. 사람들은 역에 꾸역꾸역 몰려들어 오고 악사는 비장의 무기를 다루듯 바이올린을 조심스레 꺼내 차분히 활을 긋기 시작합니다. 참 좋네요, 지하철에서 이렇게 멋진 연주를 들을 수 있다니. 이 악사는 청바지에 야구 모자 차림이지만 활을 긋는 솜씨가 예사롭지 않습니다. 활이 현에 닿는 순간, 우아하고 부드러우면서도 풍부한 음의 빛깔들이 작은 지하철 통로를 가득 메웁니다. 게다가 누구나 한 번쯤은 들어봤을 만한 불후의 명곡들입니다.

5분, 10분……. 시간이 흐를수록 연주는 물이 오를 대로 오르고 악사는 삼매경에 빠져 신나게 활을 그어댑니다. 자, 이쯤 되면 클래식에 문외한이라도 그냥 지나치지는 못하겠지요? 어, 그런데 제 예상이 보기 좋게 빗나가버리네요. 누구 하나 눈길 한번 주지 않고 분주히 사라지곤 하니 말입니다. 연주 시간은 40여 분으로, 그리 짧지 않은 시간이었는데도 단지 몇 사람만이 바이올린 케이스에 몇 푼 던져 넣을 뿐.

이거 어디서 들어본 이야기다 싶으신가요? 이 동영상의 제목은 '멈추어 음악을 들으라Stop and hear the music', 거리 악사의 이름은 우리 시대의 명 연주자 조슈아 벨Joshua Bell입니다. 동영상을 처음 봤을 때 너무나 놀랐습니다. 불과 14세 때 세계적인 지휘자 리카르도 무티Riccardo Muti와 협연해 이름을 날렸고 카네기 홀 데뷔는 물론, 세계 무대를 누비고 다니며 몇 차례의 내한 공연도 성황리에 마쳤던 그가 도대체 뭐가 아쉬워서 이런 해프닝을 자처했을까요? 미국 일간지의 설명인즉, 이 '실험'은 조슈아 벨 자신이 낸 아이디어로, 전문 연주가와 거리 연주가의 연주를 얼마나 구별할 수 있는지 알아보려는 시도였다고 합니다.

영상을 몇 번이나 눈 비비고 다시 봤지만 잠깐이라도 듣고 가는 사람은 손에 꼽을 정도였습니다. 조슈아 벨의 의도가 무엇이었든 간에 약 350만 달러라는 어마어마한 가격의 스트라디바리우스^{Stradivarius}로 무료 연주회를 열었건만 천여 명이나 되는 사람이 대부분 그냥 지나쳤다는 말입니다. 이 대목에서 연주자가 누구고 악기가 얼마짜리다 하는 정보는 그다지 중요하지 않을 겁니다. 명연주를 들을 줄 아는 귀가 없다는 것도 핑계일지 모릅니다. 그저 앞만 보고 돌진하느라 흘러나오는 음악 몇 소절에도 귀를 기울일 여유가 없다는 사실이 중요한 것이겠지요.

영국의 인상주의 화가 조지 클라우슨^{George Clausen, 1852~1944}은 〈들판의 작은 꽃〉에서 자칫 놓치기 쉬운 작고 행복한 순간을 보여줍니다. 클라우슨은 주로 전원을 배경으로 한 그림들을 화폭에 담았습니다. 실내 장식가인 아버지와 같은 길을 갈 뻔했지만 화가의 길로 들어서게 된 결정적인 계기가 있었다고 하네요. 좋은 책 한 권이 인생의 길잡이가 되어주었다는 이야기는 많이 들어봤습니다만 클라우슨의 경우에는 우연히 만난 사람이 그런 역할을 했던 겁니다. 물론 평범한 사람은 아니었고 당시 역사화, 초상화 등으로 명성을 날린 아카데믹 화가 에드윈 롱^{Edwin Long}이었지요. 역시 재능이 뛰어난 사람은 어디서든 눈에 띄게 마련인가 봅니다. 클라우슨은 롱의 저택에 문 장식을 하러 갔다가 그의 권유로 화가의 길에 들어서게 되었다고 하니까요. 클라우슨이라면 실내 장식을 했어도 이름을 떨쳤겠지만 오늘날 이렇게 아름다운 전원 풍경은

조지 클라우슨George Clausen
「들판의 작은 꽃The Little Flowers of the Field」
1983년, 캔버스에 유채, 41.3×56.5cm, 개인 소장

만날 수 없었을 테니 에드윈 롱에게 감사해야겠습니다.

밝고 따스한 색채의 이 그림을 보자마자 초록빛 들판에 엎드려 있는 금발의 소녀에게 시선이 집중됩니다. 도대체 소녀는 무엇에 정신이 팔려있는 걸까요? 얼마나 몰입했는지 입까지 반쯤 벌리고 있어 말을 걸기조차 미안할 정도입니다. 소녀의 시선이 향한 곳을 가만히 따라가 자세히 들여다보니 작은 꽃 한 송이가 소녀의 양손 안에 꼭 쥐어져 있습니다. 큼직하거나 화려한 색을 뽐내는 꽃도 아니고 그냥 지나쳐도 모를 아주 자그마한 들꽃이지요. 하지만 누가 뭐라고 하든 이 순간, 들판에서 발견한 작은 꽃송이가 소녀에게는 무엇보다 소중해 보입니다. "중요한 것은 오늘, 이 순간에 일어나는 일"이라고 말한 건 조르바였을 겁니다, 제 기억이 맞다면요.

소녀는 어쩌면 이렇게 속삭이고 있는지 모릅니다. 사소하지만 작은 것들을 천천히 돌아보고 자연과 마주하자고, 이 순간의 기쁨을 누릴 줄 아는 사람만이 결국 행복도 품에 안을 수 있다고 말입니다.

햇살 아래
거닐다

"한가로이 거니는 것,
그것은 시간을 중단시키는 것이 아니라,
시간에게 쫓겨 몰리는 법 없이
오히려 시간과 조화를 이루는 것이다.
그것은 구애 받지 않는 자유로움을 의미한다."

피에르 상소 Pierre Sansot

왠지 바다가 그리운 날입니다. 탁 트인 수평선, 시원한 바람, 따스한 햇살, 보드라운 백사장의 모래……. 마음은 벌써 햇빛 찬란한 스페인의 어느 바닷가를 거닐고 있습니다. 호아킨 소로야 이 바스티다Joaquin Sorolla y Bastida, 1863-1923의 〈바닷가 산책〉에 등장하는 여인들처럼 바람에 실려가듯 해변가를 유유히 걸어보고 싶습니다.

유난히 바다 풍경을 많이 그린 스페인 화가 소로야는 빛의 대가

호아킨 소로야 이 바스티다Joaquín Sorolla y Bastida
「바닷가 산책Paseo A Orillas Del Mar」
1909년, 캔버스에 유채, 205×200㎝, 스페인 소로야 미술관 소장가 아니었나 생각합니다. 〈바닷가 산책〉을 보세요. 햇빛이 여인들의 새하얀 드레스에 쏟아져 눈부십니다. 가슴까지 시원해지는 푸른 바다, 그와 대비를 이루는 불그스름한 모래사장에도 빛이 쏟아집니다. 이 그림에서도 화가의 탁월한 빛의 감각이 유감없이 발휘되고 있습니다.

두 여인은 아무리 봐도 친구 사이일 것 같습니다. 굳이 이런저런 말을 늘어놓지 않아도 그저 눈빛만으로 마음이 통하는 친구 말입니다. 실제로는 소로야의 부인과 큰딸이라고 합니다만 뒤에서 걷는 여인의 얼굴이 베일에 가려진 탓에 나이를 가늠하기는 좀 어렵지요? 가족이든 친구든, 마음이 통하는 사람과 함께라면 넘실거리는 바다의 포말에 일상을 잠시 실어 보내고 둘이서 여유롭게 바닷가를 거닐어봐도 좋겠습니다. 저렇게 우아하게 차려 입고 부드러운 베일을 휘날리며 끝이 보이지 않는 해안선을 걷다 보면 마음속에도 평화가 잔잔히 밀려오겠지요.

가끔 삶에 지친 기분이 들 때는 집 근처의 산책로를 걷곤 합니다. 복잡한 도시 속에도 잘 정비된 산책로가 있으니 그 사실만으로도 감사해야겠지요. 하지만 무조건 걷기만 하는 것이 아니라 되도록 모든 감각을 열어놓고 걸으려 합니다. 그러다 보니 산책하다가 잠깐 쉬면서 책이라도 읽을 요량으로 수필집을 한 권 들고 나가도 매번 그냥 돌아오기 일쑤입니다. 나뭇가지 사이로 비치는 햇살, 어느새 옷을 갈아입은 나무들의 다채로운 빛깔, 새들이 지저귀는 소리, 나뭇잎이 바람결에 흩날리는 소리, 풋풋한 흙 냄새 등에 감각을 집중하다 보면 독서할 마음은 온데간데없어지고 마는 겁니다. 가뜩이나 감각이 예민한 저로서는 때때로 잘 듣지 못하던 특이한 새소리만 나도 긴장할 때가 있지만 그런 긴장은 오히려 삶에 활력을 주는 것 같습니다.

혼자만의 산책, 해보시면 제법 괜찮습니다. 귀스타브 카유보트 Gustave Caillebotte, 1848~1894의 〈작업복을 입은 남자〉처럼 뒷짐을 지고 대낮의 햇살을 받으며 한가롭게 산책로를 거닐어보는 겁니다.

혼자 걷다 보면 이 그림에서처럼 다른 산책자를 만나기도 합니다. 남자는 저만치 걸어가고 있는 여인과 적당히 거리를 두고 한적한 산책길을 걷고 있습니다. 남자의 시선이 여인을 향하고 있는 듯한데, 혹시 그건 저만의 생각인가요? 갑자기 저는 짓궂은 상상에 빠져봅니다. 만일 저렇게 한가로운 상황에 소나기라도 내린다면?

그림 속의 남자처럼 유유자적 걷고 있는데 소나기가 내리면 그때는 무조건 뛰어야겠지요. 저렇게 점잖게 걷고 있는 두 사람도 아마 별수 없을 겁니다. 쏟아지는 비를 쫄딱 맞을 수는 없는 노릇이니까요. 몸을 피할 곳을 찾아 어디로든 뛰어야지요. 그렇다면 이런 전개도 가능하지 않을까요?

귀스타브 카유보트Gustave Caillebotte
「작업복을 입은 남자Man in a Smock」
1884년, 캔버스에 유채, 65×54㎝, 개인 소장

굵은 빗줄기가 사정없이 쏟아지자 남자는 달리기 시작합니다. 여인도 깜짝 놀라 드레스 자락을 쥐고 뜁니다. 십중팔구 여인보다는 남자가 더 빨리 달릴 테고 그러다 보면 금세 여인을 따라잡게 되겠지요. 근처에 몸을 피할 장소를 남자가 알고 있다면 여인을 혼자 두고 가기 안쓰러워 함께 가자고 손을 내밀 수도 있을 겁니다. 여인은 약간 당황한 표정을 짓지만 이내 손을 잡습니다. 사실 아까부터 뒤에서 오던 남자가 궁금하던 참이었거든요. 이제 두 사람은 손을 잡고 함께 달립니다. 이거 나름대로 괜찮은 스토리다 싶었는데, 아뿔싸! 한 가지 못 보고 지나친 것이 있습니다. 바로 여인의 양산입니다. 여인은 처음부터 양산을 쓰고 걸었던 겁니다.

이렇게 마음대로 소설을 쓰다 보니 이 그림 속 두 사람의 관계가 궁금해져 여기저기 찾아보았지만 안타깝게도 이들의 관계를 이렇다 하게 보여주는 내용은 찾기가 힘들었습니다. 다만 작품의 부제가 '에트르타의 생클레르 길을 걷는 마글루아르 영감 Le Père Magloire sur le chemin de Saint-Clair à Étretat'인 점으로 미루어 카유보트 또한 에트르타의 아름다움에 매료된 화가가 아니었을까 합니다. 에트르타 Étretat 는 프랑스 서부 노르망디 Normandie 에 있는 지명인데, 모네 Claude Monet, 피사로 Camille Pissarro, 쇠라 Georges-Pierre Seurat 등 많은 인상파 화가들의 단골 그림 소재로 등장할 정도로 해변의 풍경이 아름다운 곳입니다.

가만 보면 카유보트의 작품에는 남자의 뒷모습이 자주 등장합니다. 하지만 방금 본 〈작업복을 입은 남자〉와는 사뭇 다른 분위기의 작품이 있어 잠깐 소개합니다.

한 남자가 발코니의 창문을 활짝 열어놓은 채 거리를 내려다보고 있습니다. 풍채나 자세 때문에 일견 위풍당당하다고 느꼈습니다만 한편으로는 쓸쓸해 보이기도 합니다. 산업사회의 삶이란 물질적인 풍요와는 달리 그 무엇으로도 결코 채워지지 않는 공허감이 있다고 하지요. 창가에 서있는 이 남자도 고독한 부르주아의 전형처럼 느껴집니다.

어쨌거나 산책자를 감상하면서 허무하게 끝을 맺은 제 상상이 아쉽기는 하지만 이제 저도 슬슬 산책을 다녀와야겠습니다. 그리고 빅토르 위고Victor-Marie Hugo가 남긴 명언을 오늘도 직접 체험해봐야겠습니다.

"모두가 말하고 있도다.
지나가는 공기와 비행하는 전설의 바닷새.
새싹과 꽃과 원소들.
모든 것이 음성이고 모든 것이 향기로다.
무한 속에서 만물이 누군가에게 말하고 있도다."

독서의
황홀

프란츠 아이블Franz Eybl, 1806~1880의 〈독서하는 소녀〉는 책 읽기에
완전히 몰입해 범접하기 힘든 분위기를 발산합니다. 까맣고 윤기
가 흐르는 머리카락을 귀 뒤로 쓸어 넘긴 채 시선은 오로지 책에
만 고정하고 있군요. 대체 무슨 책이기에 옷자락이 어깨 아래로
슬며시 흘러내린 것조차 모르는 걸까요? 무척 궁금해지네요. 두
근거리는 대목이 등장한 모양입니다. 가슴에 살며시 손을 얹은
걸 보면.

아이블은 오스트리아 빈 태생의 화가로 풍경화와 역사화 등에
주력했습니다. 그뿐 아니라 19세기 오스트리아의 중요한 초상화
가 중 한 명이기도 합니다. 당시 유명했던 오스트리아의 초상화가

프란츠 아이블Franz Eybl
「독서하는 소녀Reading Girl」
1850년, 캔버스에 유채, 53×41㎝, 오스트리아 벨베데레 오스트리아 갤러리 소장로는 모리츠 미카엘 다핑거Moritz Michael Daffinger가 있는데, 다핑거는 우리가 잘 아는 작곡가 슈베르트Franz Peter Schubert, 로시니Gioacchino Antonio Rossini 등을 비롯한 여러 유명 인사들을 초상화로 남겼다고 하지요. 아이블이 그린 소녀를 보면서, 이렇게 맑고 깨끗한 소녀의 내면을 오롯이 전해줄 줄 아는 화가라면 자신의 영혼도 그만큼 순수하지 않았을까 생각해 봅니다.

어린 시절 펼쳐보던 동화책은 타임머신이었습니다. 책장만 펼치면 자그마한 방에서 옛날이든 미래든, 유럽이든 아메리카든 다른 시간, 다른 세계로 순간 이동을 할 수가 있었거든요. 장 지오노Jean Giono의 말처럼 '앉아서 여행'했던 겁니다. 친구들이 놀자고 부르러 와도 건성으로 대답하기 일쑤였던 까닭은 앉아서 하는 시간 여행, 세계 일주가 공기놀이나 고무줄놀이와는 비교할 수 없을 정도로 훨씬 재미있었기 때문이지요. 형편도 어렵고 요즘처럼 도서관이 흔하지 않던 그 시절, 부모님께서 동화책을 사다 주실 때마다 비록 낱권일지언정 말로는 표현 못 할 정도로 기뻤습니다. 지금도 책장 한가운데 꽂혀있는 세계문학전집은 그때부터 저의 보물 1호가 되었습니다.

처음 직장생활을 시작했을 때는 읽고 싶은 책을 마음껏 사 볼 수 있어 얼마나 감격스러웠는지 모릅니다. 그 이후로 한번 마음에 둔 책은 언젠가 꼭 사고야 마는 습관도 생겼지만 '책 읽지 않는 책 애호가'는 되지 않겠다고 늘 다짐하곤 합니다. 책에 대한 욕망도 일종의 사치니까요. 그러면서도 갈수록 늘어나는 책들은 책장을 빽빽이 채우다 못해 바닥으로 내려앉았습니다. 어쩌다 한번 마음먹고 책의 위치를 바꿔놓거나 정리를 해도 제 책꽂이는 변함없이 몸살을 앓고 있습니다.

언젠가 일본의 지성인 다치바나 다카시立花 隆가 책을 쌓아두고 독서를 하는 모습을 텔레비전에서 본 적이 있는데, 어마어마한 그의 독서량은 말 그대로 '지知의 거인'다웠습니다. 그가 소위 '서점 순례'를 하면서 구입해 읽는 산더미 같은 책의 양은 저와 감히 비교조차 할 수 없더군요. 어디 그뿐인가요. 발명왕 에디슨Thomas Alva Edison은 평생에 걸쳐 350만 페이지를 읽었다고 합니다. 약 30년 동안 매일 한 권씩 읽으면 나오는 분량이라는군요. 이런 무시무시한 독서광들을 보면 저절로 반성하게 됩니다. 그러니 바닥에 쌓인 제 책들을 보면서도 아직은 괜찮다고 안도의 숨을 쉴 밖에요.

그리고 19세기에 남성과 동등한 교육을 받은 조르주 상드George Sand는 여성의 신분으로 바지를 입고 튼튼한 부츠를 신은 채 자유롭게 산책하거나 음악회, 연극, 카페, 오페라, 살롱 등을 출입하면서 파리라는 도시를 스펀지처럼 빨아들였던 모양입니다. 긴 드레스처럼 거추장스러운 여성 복장은 기능성이 떨어짐을 알고 남장을 감행했던 상드는 남성 복장의 편리함을 활용해 자신의 정신 세계를 넓혔던 겁니다. 그러니 여성의 복장이 자유로운 시대에 살고 있다는 것 자체가 대단한 행운이라는 생각이 듭니다.

요즘에는 카페에서 책을 읽는 사람을 심심치 않게 볼 수 있지만 저는 집에서, 출퇴근길의 지하철 안에서, 약속 장소에서, 그리고 식당에서도 가끔 혼자 밥을 먹으며 책을 펼칩니다. 타인의 시선을 크게 의식하는 편은 아니지만 책이 있으면 혼자 밥을 먹는 모습을 흘끔거리며 보는 사람들의 시선도 돌리게 할 수 있으니 일석이조인 셈이지요.

독서는 매일 반복되는 일상에 좀 더 의미를 부여할 수 있는 행위가 아닐까 생각합니다. 또한 자신과 타인을 이어주는 가교이기도 하지요. 자기 자신을 알기가 얼마나 어려운가요. 타인을 이해하기도 결코 쉽지 않지요. 독서를 하면 나를 알아가는 능력과 다른 사람의 입장에서 생각해보려는 이해심이 조금씩 커지는 것 같습니다. 잊지 말아야 할 것은 책에서 얻은 다양한 지식을 바탕으로 실천을 해야 한다는 점이겠지요. 오늘도 책 속의 인상적인 구절들이 말을 걸어오리라 기대하며 책장을 넘깁니다.

몰입의 순간

「벤치에 누워있는 여인Woman Lying on a Bench」
1913년, 종이에 수채, 51,5×73㎝, 프랑스 루브르 박물관 소장

칼 라르손
Carl Larsson

소녀가 정원의 벤치에 푹 파묻혀 책을 읽고 있네요. 그 옆에서 곤히 잠든 강아지나 팔에 안겨 꾸벅꾸벅 졸고 있는 고양이의 모습도 참 아늑해 보입니다. 해먹이든 벤치든 저렇게 한가로이 누워 책을 읽는 모습은 늘 부럽습니다.

스웨덴의 국민 화가 칼 라르손Carl Larsson, 1853~1919은 유화를 비롯해 수채화, 프레스코화 등 많은 작품을 남겼습니다. 그중에서도 밝고 산뜻한 수채화는 가장 많은 사랑을 받고 있는 것 같습니다.

라르손과 그의 부인은 자녀를 여덟 명이나 낳았고 라르손은 자신의 아이들을 그림의 모델로 자주 삼았다고 합니다. 아이들에 대한 사랑을 그림으로 표현한 아버지입니다.

∿

외국어 원서는 습관적으로 소리 내어 읽곤 하지만 오늘처럼 한글로 된 책을 중얼중얼 읽어본 게 얼마만인지 모릅니다. 오랜만에 소리 내어 시를 읽어보았는데, 낯설어서 적잖이 당황했습니다. 안중근 의사의 시대만 해도 소리 내어 글을 읽었기 때문에 '하루라도 글을 읽지 않으면 입에 가시가 돋는다'고 설파했을 거라 짐작합니다.

17세기의 거장 렘브란트 Rembrandt Harmenszoon van Rijn, 1606~1669 가 말년에 그린 〈책을 읽고 있는 화가의 아들, 티투스 판 레인〉입니다. 티투스는 렘브란트와 그의 아내인 사스키아 Saskia 사이에서 유일하게 살아남은 외아들이지요. 약간 벌어진 입술을 보니 한창 낭독 중인 모양입니다. 어둠 속에서도 티투스의 얼굴과 책을 든 손은 빛나고 있습니다.

「책을 읽고 있는 화가의 아들, 티투스 판 레인Titus van Rijn, the Artist's Son Reading」
1665년경, 캔버스에 유채, 70.5×64cm, 오스트리아 빈 미술사 박물관 소장

「제293호 차량 C칸Compartment C, Car 293」
1938년, 캔버스에 유채, 50.8×45.7cm, 개인 소장

에드워드 호퍼
Edward Hopper

～

낯선 곳을 여행할 때는 여행 안내서를 끼고 다닙니다. 가고 싶은 미술관이나 유명한 서점, 음반 판매점, 맛집, 지도가 곁들여있는 여행 안내서는 여행 시 필수 아이템이지요. 지방 도시로 출장을 갈 때는 반드시 가방 속에 한두 권의 얇은 책을 넣어둡니다. 달리는 열차 안에서 한 장씩 넘기다 보면 눈 깜짝할 사이 목적지에 도착하곤 하거든요.

에드워드 호퍼Edward Hopper, 1882-1967는 적막한 도시의 일상을 표현한 미국의 대표적인 화가입니다. 군중 속의 고독을 안고 살 수밖에 없는 도시인의 비애, 외로움, 소외감 같은 주제가 작품 속에 드러나곤 합니다. 하지만 〈제293호 차량 C칸〉에 타고 있는 이 여인은 책과 함께 있기 때문에 외롭지 않을 겁니다.

윌리엄 스토트
William Stott

⌒

올덤의 윌리엄 스토트William Stott of Oldham, 1857~1900. 이름이 좀 특이하지요? 동시대의 풍경 화가인 에드워드 스토트Edward Stott와 구별하기 위해서 화가 스스로 작품에 이렇게 서명했다고 합니다. 올덤* 출신이라는 사실에 자부심이 대단했던 모양입니다.

이 여인을 발견하고 무척 반가웠습니다. 저도 가끔 혼자 밥을 먹으며 책을 읽거든요. 화가의 부인이라지요? 그런데 가만 보니 빵 한 조각도 입에 대지 않은 것 같네요. 책을 읽다가 밥 먹는 것조차 깡그리 잊어버린 모양입니다. 빵은 이미 딱딱해졌고 커피도 다 식어버린 듯한데, 이쯤 되면 먹기 위해 읽는 게 아니라 읽기 위해 먹는 겁니다.

....

* **올덤(Oldham)** 잉글랜드 북서부 그레이터 맨체스터(Greater Manchester) 주의 도시

「가스등 옆에서 독서하는 크리스티나 메리 스토트Christina Mary Stott Reading by Gaslight」
1884년, 종이에 파스텔, 개인 소장

클로드 모네
Claude Monet

⌇⌇

　탁 트인 풀밭에 앉아 조용히 책을 읽는 모습은 언뜻 평온해 보이지만 잘 살펴보면 한눈을 팔기에 안성맞춤인 풍경입니다.

　돌돌 흐르는 냇물 소리에 푸른 버드나무들이 바람결을 따라 춤까지 추고 있으니 축제가 따로 없지요. 책이고 뭐고 일단 어울려보자 싶을 듯합니다.

　하지만 냇물의 간지러운 속삭임도 버드나무의 한들거리는 몸짓도 온 정신을 책에만 집중하고 있는 이 여인의 독서를 방해하지 못하는 것 같습니다.

「버드나무 아래 앉아있는 여인Woman Seated under the Willows」
1880년, 캔버스에 유채, 81.1×60㎝, 미국 워싱턴 국립 미술관 소장(체스터 데일 컬렉션)

추억은
방울방울

조카에게 줄 장난감을 사려고 마트에 갔는데 종류가 어마어마하게 많아서 무척 난감했습니다. 옆에 있던 꼬마는 이미 몇 개의 장난감을 손에 쥐고도 갖고 싶은 게 아직 더 있는지 엄마를 끊임없이 보채더군요. 아이의 엄마는 그러면 안 된다고 여러 차례 주의를 주다가 결국 아이가 가리키는 장난감들을 계속해서 바구니에 넣었습니다. 사실 아이들에게 장난감이 절대적으로 필요한 시대이긴 합니다. 밖에서 같이 놀 만한 친구들을 찾기가 여간 어려운 게 아니니까요. 혼자서 놀아야 하는 아이가 장난감 친구라도 만들지 않으면 심심해 견딜 수 없을 테니, 아이의 엄마도 아이를 그저 나무랄 수만은 없었겠지요.

예전엔 아이들이 밖에서 노는 모습을 심심찮게 볼 수 있었습니다. 술래잡기, 고무줄, 땅 따먹기, '무궁화 꽃이 피었습니다' 같은 놀이를 하면서 떼 지어 우르르 몰려다니다 보면 밥 먹는 시간도 아까워 어머니와 실랑이를 벌이기가 일쑤였지요. 보다 못해 부엌에서 뛰어나온 어머니의 손에 이끌려 집으로 들어가면서도 몇 번씩이나 뒤를 돌아보고는 밥을 먹자마자 다시 한달음에 달려 나와 한바탕 놀던 풍경은 이제 도통 볼 수가 없는 추억 속의 장면이 되어버렸습니다. 씩씩하게 뛰놀고 이리저리 뒹굴며 놀이터를 가득 메웠던 아이들은 학교 공부에 숙제, 학원 공부도 모자라 과외까지 받느라 자꾸만 안으로 들어갑니다. 게다가 각종 사건, 사고는 아이들이 밖에서 놀 자유를 더욱 빼앗고 있습니다.

장 바티스트 시메옹 샤르댕^{Jean Baptiste Siméon Chardin, 1699~1779}의 〈비눗방울〉은 그 옛날 추억의 한 조각을 떠올리게 하는 그림입니다. 화가의 이름이 낯설게 느껴지시나요? 그렇다면 세잔^{Paul Cézanne}의 정물화에 영향을 준 화가, 혹은 마티스^{Henri Matisse}가 가장 존경했던 화가 중 한 명이라고 하면 조금은 친숙한 느낌이 드실 겁니다. 프랑스의 계몽주의 철학자인 디드로^{Denis Diderot} 역시 샤르댕에게 호감을 표했다고 합니다.

샤르댕은 정물화와 장르화에 천착한 화가입니다. 장르화는 다

장 바티스트 시메옹 샤르댕Jean Baptiste Siméon Chardin
「비눗방울Soap Bubbles」
1733~1734년, 캔버스에 유채, 61×63.2cm, 미국 메트로폴리탄 미술관 소장

른 말로 풍속화 정도로 생각하면 무난하겠습니다만, 정확히 말하자면 '일상생활을 묘사한 17세기 네덜란드 회화와 거기서 직접적인 영향을 받은 유럽 회화'라고 할 수 있습니다. 샤르댕이 활동했던 시기는 로코코 시대로 귀족 취향의 밝고 화려한 그림이 각광받던 때였지만, 그는 귀족의 일상 대신 평범한 서민의 삶이나 정물을 소박한 색채로 화폭에 담았습니다. 그만의 장기인 두툼한 질감 표현은 독학으로 얻은 기법이라고 하니 놀라지 않을 수 없습니다. 이런 질감 때문에 무겁거나 답답할 것 같지만 오히려 은은하고 따스한 분위기가 느껴집니다. 마치 앨범에서 꺼내보는 추억의 사진 한 장 같지요.

이쯤에서 로코코 시대의 일반적인 화풍을 감상해볼까요? 장 오노레 프라고나르Jean-Honoré Fragonard, 1732~1806의 〈그네〉입니다.

참 화려하지요? 달달한 연애 장면 같습니다. 여인의 핑크빛 드레스가 하늘하늘 바람에 나부낍니다. 그네 타는 성춘향과 그 모습을 바라보는 이몽룡의 서양판 연애 같다는 사람도 있습니다. 그런데 자세히 살펴보면 좀 야한 그림입니다. 여인의 뒤에서 한 남자가 어수룩한 자세로 그네를 밀어주고 있습니다. 하인일까요 아니면 남편일까요? 그네가 공중으로 올라가자 여인은 기다렸다는 듯 한 발을 걷어차 올려 앞에 앉은 다른 남자에게 치마 속을 보여주고 있습니다. 자그마한 구두 한 짝은 야살스럽게 공중으로 날아가네요. 여인의 치마 밑에서 버젓이 구경하고 있는 남자는 아무리 봐도 애인인 것 같습니다. 그네를 밀어주고 있는 남자가 남편이라면 이거 보통 문제가 아니지요.

'어쩜 저렇게 경박할 수가!' 하셨나요? 하지만 이 그림은 당시 귀족들의 유희와 관능을 대변해주고 있습니다. 또한 귀족들은 이런 선정적인 그림을 통해 욕망을 충족시켰습니다. 이런 그림이 사랑받던 시대에 평범한 서민의 일상을 그려나간 샤르댕, 정말 꿋꿋하지요? 그 듬직함에서 소박한 인간미가 엿보입니다.

다시 〈비눗방울〉을 보면 매우 사실적으로 표현되어있습니다. 어린 시절 비눗방울 놀이는 마술처럼 보였지요. 과학적 원리보다는 빨대에 비눗물을 묻히면 퐁퐁 생겨나는 비눗방울에만 온통 관심이 쏠렸습니다. 그림 속의 아이들도 어린 시절의 저와 별반 다르지 않은 것 같습니다. 큼직하게 부풀어 오른 비눗방울 좀 보세요. 저러다 터지겠다 싶은지 아슬아슬하게 막대 끝에 매달린 비눗방울을 주시하는 다른 소년의 표정도 여간 재미있는 게 아닙니다. 비눗방울을 부는 소년은 그러거나 말거나 아랑곳하지 않고 막대를 문 채 계속해서 조심조심 입김을 불어넣고 있습니다. 샤르댕이 살던 시대에 이미 비눗방울을 가지고 놀았다니 놀이란 역시 시대

장 오노레 프라고나르Jean-Honoré Fragonard
「그네The Swing」
1767년, 캔버스에 유채, 81×64cm, 영국 월래스 컬렉션 소장와 장소를 초월하나 봅니다.

 아, 향긋한 아카시아 나무 아래서 비눗방울 놀이를 하던 때가 눈앞에 선합니다. 아카시아 꽃잎이 춤추듯 흩날리며 떨어지면 투명한 비눗방울은 살랑살랑 실바람을 타고 하늘 높이 날아오르곤 했었지요. 그래서 비눗방울 놀이는 달콤한 아카시아 향기와 꽃잎의 원무(圓舞)이기도 합니다. 비눗물을 살짝 묻힌 막대에 후 하고 숨을 불어넣으면 둥글게 생겨나 하늘로 두둥실 날아가던 오색 빛깔의 비누풍선. 이 그림을 보니 잊고 있던 그 시절의 꿈들이 방울방울 피어납니다.

오늘은
그녀처럼

"나는 차처럼 입었고
차는 나 같았다."

타마라 드 렘피카Tamara de Lempicka

가끔 기막히게 운이 좋을 때가 있습니다. 예를 들어 전철에 오르자마자 앉을 자리가 생겨 모처럼 여유 있게 출근을 할 수 있는 날 말입니다. 아직 차는 고사하고 운전면허도 없다고 하면, 마이카 시대에 뚜벅이가 웬 말이냐며 도저히 이해할 수 없다는 반응이 대부분이지만, 뭐 아무래도 상관없습니다. 그러니 누가 고급 승용차를 뽑았다더라, 가격은 어떻고 연비는 어떻다더라 하는 이야기를 들어도 시큰둥할 뿐이지요.

저는 자타공인 대중교통, 특히 지하철 예찬론자입니다. 무엇보다도 지하철을 타면 책을 읽을 수 있어서 좋습니다. 운 좋게 빈자리까지 생기면 그야말로 금상첨화입니다. 출퇴근길 내내 지루하지 않거든요. 게다가 지하철을 타면 출근 시간이나 약속 시간에 맞춰갈 수 있습니다. 차가 도로를 가득 메울 때 운전자들의 얼굴을 한번 보세요. 하나같이 짜증이 서려있어 잘못 건드렸다간 본전도 못 찾습니다. 가뜩이나 웃을 일이 적은 세상, 마이너스 에너지까지 내뿜어서야 되겠나 싶습니다. 더구나 저에게는 그 어떤 약속에도 시간을 엄수하자는 원칙이 있으니 우리나라의 지하철만큼 든든한 교통수단은 없는 것 같습니다. 지금까지 지각하지 않고 학교생활과 사회생활을 할 수 있었던 것도 지하철에 그 공의 일부를 돌려야겠지요. 물론 이따금 고장 같은 이변이 생기기도 하지만 그럴 때는 휴대 전화로 상대방에게 미리 알리면 되니까요. 환경 보호와 경제적인 차원에서 바람직하다는 것은 두말할 필요 없겠습니다만 제가 대중교통을 예찬하는 이유 중에는 운전 자체에 겁을 내기 때문인 것도 있습니다.

하지만 그런 저에게도 자가용에 대한 환상을 품은 순간이 딱 한 번 있었으니, 바로 〈녹색 부가티를 탄 자화상〉을 봤을 때입니다. 우아함과 자신감, 도도함이 온몸을 타고 흐르는 듯한 모델 같은 여인이 초록색 자동차를 타고 있었습니다. 세련되고 깔끔한 색감의 이 그림은 폴란드 출신의 화가 타마라 드 렘피카^{Tamara De Lempicka, 1898~1980}의 자화상이었는데, 프랑스산 최고급 자동차인 부가티^{Bugatti}의 운전대를 잡은 그녀는 같은 여자가 봐도 반할 만큼

기품 있는 분위기를 발산하고 있었습니다.

그녀는 바르샤바 부유한 집안 출신의 빼어난 미모의 소유자로, 결혼 후 혁명이 일어나자 남편과 함께 파리로 망명했다고 하지요. 그녀의 본명은 마리아 고르스카^{Maria Górska}였지만 파리에서 개명을 하고 그림 공부를 시작했습니다. 그녀는 모리스 드니^{Maurice Denis}와 앙드레 로트^{André Lhote}에게 그림을 배웠고, 그들의 영향을 받으면서도 나름대로의 독자적인 화풍을 구축해나갔습니다. 보헤미안처럼 자유로운 인생을 살았던 타마라 드 렘피카는 파블로 피카소^{Pablo Picasso}, 앙드레 지드^{André Gide}, 장 콕토^{Jean Cocteau}와 같은 유명 인사들과 교류했다고 합니다. 양성애와 남성 편력 등 숱한 화제를 뿌리고 다닌 스캔들 메이커였다는데, 그 미모만 봐도 대략 짐작이 갑니다.

운전을 배워본 적도 없고 아직 배울 생각도 없는 제게 이 그림은 여유만만하고 당당하게 도로를 누비고 싶은 충동마저 들게끔 했습니다. 화가 자신이 부가티를 몰았다면 이처럼 차와 하나가 된 듯 자연스럽고 근사했겠지요.

그녀처럼 사이버틱한 모자를 쓰고 회색 스카프를 휘날려봅니다. 연한 오렌지 빛깔의 장갑에, 아이섀도를 바른 눈은 약간 내리뜨고 새빨간 립스틱을 짙게 바른 입술은 새침하게 다문 채 서울 한복판에서 우아하고 멋들어지게 부가티의 핸들을 돌립니다. 아,

물론 상상 속에서만요. 한 번쯤 일탈해도 괜찮다고 그림 속의 그녀가 은근히 부추기는 것 같지만 정중히 사양하겠습니다.

내친 김에 '음악은 어떤 걸로 할까?' 하는 행복한 고민까지 해보기로 했습니다. 출근길이라면 십중팔구 창문을 반쯤 열어놓고 상쾌한 아침 공기를 마시며 파바로티^{Luciano Pavarotti}의 시원한 음성으로 〈마티나타^{Mattinata}〉를 듣겠지요. 퇴근할 때는 드뷔시^{Claude Achille Debussy} 스페셜리스트인 티보데^{Jean-Yves Thibaudet}나 미켈란젤리^{Arturo Benedetti Michelangeli}가 들려주는 〈달빛^{Clair de Lune}〉, 혹은 페라이어^{Murray Perahia}가 물 흐르듯 연주하는 멘델스존^{Jokob Ludwig Felix Mendelssohn-Bartholdy}의 〈무언가^{無言歌: Liedohne Worte}〉로 바쁜 하루 일과에 지친 몸과 마음을 달래지 않을까 싶습니다. 도로가 막힐 때는 엘가^{Sir Edward Elgar}의 〈위풍당당 행진곡^{Pomp and Circumstance Military Marches}〉이나 요한 슈트라우스^{Johann Baptist Strauss}의 〈라데츠키 행진곡^{Radetzky Marsch}〉을 들으며 스트레스를 뻥! 하고 날려주겠습니다.

적어도 〈녹색 부가티를 탄 자화상〉을 본 그 순간만큼은 이런 상상 속의 제 모습이 제법 그럴싸하게 느껴졌습니다.

겨울
나기

"겨울이 없다면 봄은 그리
즐겁지 않을 것이다."

앤 브래드스트리트 Anne Bradstreet

겨울 좋아하세요? 그럼 하얀 눈, 보드라운 스웨터, 따끈한 국물, 신나는 눈썰매……. 이런 단어가 먼저 떠오를지도 모르겠습니다. 하지만 저는 겨울 하면 살을 에는 듯한 찬바람, 빨개지도록 시린 손과 발, 꽁꽁 언 고드름과 빙판길이 먼저 떠오릅니다. 유난히 추위를 타기 때문이지요.

그래서 프랑스인 동료들을 보며 놀라곤 합니다. 그들은 강추위든 폭설이든 아랑곳하지 않고 스키장으로 달려가곤 하거든요.

추위를 이기는 방법에도 개인의 취향이 고스란히 묻어나는 것 같습니다. 이불을 푹 뒤집어쓰고 잠을 청하거나 푹신한 소파에 누워 텔레비전을 보는 사람이 있는가 하면 제 동료들처럼 운동으로 땀을 뻘뻘 흘리며 추위를 몰아내는 사람도 있습니다. 또 차가운 아이스크림이나 냉면을 먹으며 이한치한을 실천하는 사람도 봤습니다. 물론 강추위에 꼼짝 않는 저에게도 나름의 겨울나기 비결은 있지요. 바로 따끈한 아랫목에 누워 김이 모락모락 나는 달착지근한 고구마를 호호 불며 야금야금 먹으면서 〈여름 풍경〉을 꺼내 보는 겁니다. 목구멍으로 넘어가는 노란 고구마의 맛은 일품이요, 근사한 풍경화 한 장에 추위는 언제 왔었냐는 듯 물러 갑니다.

프랑스 인상주의 화가 프레데리크 바지유^{Jean Frédéric Bazille, 1841~1870}의 〈여름 풍경〉은 우리를 한여름의 숲으로 초대합니다. 어머나! 조각 같은 몸매의 남자들이 한데 모여있습니다. 이렇게 더운 날에는 숲 속 웅덩이에 풍덩 몸을 담가야 제맛이고 그래야 더위도 한 달음에 사라지는 법이겠지요. 시원하다 못해 차디찬 웅덩이에 몸을 담그면 송골송골 맺혔던 땀은 어느새 쏙 들어가고 정신이 퍼뜩 깨어날 겁니다.

〈여름 풍경〉은 일단 화실에서 남자들의 모습을 그린 다음, 스케치를 들고 야외로 나가 배경을 완성했다고 합니다. 숲 속에 내리 쬐는 햇빛과 시원한 그늘의 뚜렷한 대비, 그리고 파란 개울물의 청량감이 그림 밖까지 고스란히 전해지는 듯합니다. 인물들의 움직임 또한 다양하고 재미납니다. 엎드린 자세로 물속에 몸을 푹

프레데리크 바지유Jean Frédéric Bazille
「여름 풍경Scène d'été」
캔버스에 유채, 160×160.7㎝, 1869년, 미국 하버드 대학 포그 미술관 소장

담그고 느긋하게 시원함을 즐기는 남자, 나무에 기대 한가하게 쉬고 있는 남자, 물에서 나오려고 엉거주춤한 자세로 친구의 손을 빌리는 남자는 물론, 더위에 지친 몸을 이끌고 이제 막 숲에 도착해 옷을 한 겹씩 벗어 던지고 수영복으로 갈아입으려는 남자의 모습만 봐도 여름의 한나절이 실감납니다. 남자들만 모여있는 여름 웅덩이라니, 어쩐지 설정의 느낌이 짙다는 것을 부정할 수 없겠습니다. 바지유는 이 그림 때문에 성 정체성을 의심받기도 했거든요.

부유한 가정에서 태어난 바지유는 들라크루아^{Ferdinand Victor Eugène} ^{Delacroix}의 작품을 보고 회화에 관심을 갖게 되었다고 하네요. 의학 공부를 병행하는 조건으로 그림 공부를 허락 받았고, 훗날 파리에서 르누아르^{Pierre Auguste Renoir}와 시슬레^{Alfred Sisley} 등 인상주의 화가를 만나 회화에 몰두했습니다. 모네^{Claude Monet}, 마네^{Édouard Manet}, 시슬레와는 깊은 친분을 유지했습니다.

유복한 집안에서 태어났다고 모두 그런 건 아닐 텐데 바지유는 마음까지 넉넉했던 모양입니다. 자신의 작업실을 내주거나 화구를 마련해주는 등 무명 화가로 어려운 생활을 하던 친구들을 도왔다고 하네요. 그러나 그는 프랑스–프로이센 전쟁에 참전해 안타깝게도 매우 젊은 나이에 전사했습니다. 살아서 멋진 작품을 더 많이 남겨주었더라면 좋았겠지만 조국을 위해 한 몸 기꺼이 바친 그 희생정신에 아낌없는 박수를 보냅니다.

그의 일생을 되짚다 보니 군고구마 몇 개를 게 눈 감추듯 다 먹어버렸습니다. 겨울날의 따끈따끈한 고구마와 〈여름 풍경〉, 생각보다 잘 어울린답니다.

겨울 속으로

헨리 래번
Henry Raeburn

꽁꽁 얼어붙은 호수 위에서 중절모를 쓴 남자가 팔짱을 끼고 태연한 표정으로 혼자서 유유히 스케이트를 타고 있습니다. 회색의 흐릿한 배경 덕분에 검정색 옷을 입은 인물의 모습이 두드러져 보입니다. 반듯한 중절모에 단정한 복장만 보면 꽤 점잖은 신사인 것 같지요? 하지만 날렵한 자세와 단단해 보이는 다리 근육을 보세요. 운동깨나 하는 사람인가 봅니다.

이 그림의 제목은 〈더딩스턴 호수에서 스케이트를 타는 로버트 워커〉입니다. 이 로버트 워커라는 사람은 에든버러 어느 교회의 목사로, 스포츠 마니아였다고 합니다. 자세히 들여다보니 얼음판을 이미 몇 바퀴는 돈 모양입니다. 불그스름하게 상기된 볼과 얼음판에 또렷하게 이리저리 새겨진 스케이트 날의 자국을 보면 알 수 있지요. 목사의 모습도 이렇게 유머러스하고 친근하게 화폭에 담을 수가 있군

요. 스포츠와 담을 쌓은 저조차도 스케이트화를 타고 씽씽 달리는 기분입니다.

이 그림은 스코틀랜드를 대표하는 화가 헨리 래번Sir Henry Raeburn, 1756~1823의 작품입니다. 래번은 계몽운동 시기에 에든버러 전성기의 인물들 즉 시인, 학자, 철학자, 지방 고관의 초상화를 무려 천 장이 넘게 그렸다고 합니다. 1822년 조지 4세George IV가 래번에게 기사 작위를 수여했으며 이듬해에는 스코틀랜드 황제의 전속 화가로 임명되는 영광을 안았습니다. 일명 '스케이트 타는 목사'라고도 불리는 이 작품은 에든버러 어느 곳에서나 볼 수 있다고 합니다.

그런데 혼자서만 타는 스케이트라니 어쩐지 좀 쓸쓸하고 심심해 보이네요. 이럴 때는 누군가와 함께 손잡고 춤이라도 추면 마음도 한결 즐겁고 추위도 달아나지 않을까요?

피에르 오귀스트 르누아르
Pierre-Auguste Renoir

～

검은 턱시도와 하얀 드레스를 멋지게 차려 입은 두 남녀가 우아한 몸짓으로 춤을 추고 있습니다. 복장이나 동작으로 봐선 미뉴에트 같은 춤은 아닌 것 같고 아마도 왈츠를 추고 있는 듯하지요?

요한 스트라우스 2세Johann Strauss II의 〈아름답고 푸른 도나우An der schönen blauen Donau Op. 314〉나 〈봄의 소리 왈츠Frühlingsstimmen Op. 410〉가 배경 음악이라면 더없이 근사할 겁니다.

처음엔 천천히 조심스럽게 스텝을 밟다가 음악이 빨라지면 점점 빠른 템포로 회전합니다. 그렇게 서로를 안고 무아지경에 빠져 회전하는 모습을 위에서 내려다보면 마치 꽃송이들이 빙빙 도는 듯한 화려한 장관이 연출되겠지요. 매년 열리는 오스트리아 신년음악회의 한 장면처럼요.

피에르 오귀스트 르누아르Pierre-Auguste Renoir, 1841~1919의 〈도시의 무도회〉나 다른 인상주의 화가들이 춤에 관해 그린 작품들만 봐도 그들이 춤이라는 주제에 관심이 많았다는 사실을 알 수 있습니다.

당시 자취를 감춘 미뉴에트, 쿠랑트, 가보트의 자리를 왈츠, 마주르

「도시의 무도회Danse à la ville」
1883년, 캔버스에 유채, 180×90㎝, 프랑스 오르세 미술관 소장

카, 폴카와 같은 춤*들이 대신하면서 춤은 19세기 유럽의 유흥거리로 부상했습니다.

이 그림의 모델은 르누아르의 친구인 폴 로트^{Paul Lhôte}와 쉬잔 발라 동^{Suzanne Valadon}이라고 합니다. 폴 로트는 기자이자 작가였고 발라동 은 예술가들과 몽마르트르를 누비며 그들의 친구, 모델, 연인이 되어 준 여인이지요. 특히 르누아르와 로트레크^{Henri de Toulouse Lautrec}는 그녀 를 많이 그렸습니다. 르누아르는 '아름답게 그려야 한다'던 소신대로 그녀의 외모를 아름답게 표현했고 로트레크는 외모보다는 내면에 중 점을 두고 그린 것 같습니다. 어쨌든 발라동이 화가의 모델에서 그치

···

*

미뉴에트(minuet)   4분의3 또는 8분의3 박자의 우아하고 약간 빠른 춤곡. 17–18세기에 프랑스 와 영국에서 유행한 것으로, 2박자에서 강한 음이 나고 거기에 장식음이 붙 는 것이 보통이며, 후에 기악의 형식으로 주명곡, 현악곡, 교향곡의 악장에도 쓰였다.

쿠랑트(courante)   16세기에 프랑스에서 생겨 이탈리아나 프랑스 궁정에서 유행한 춤곡. 또는 그런 춤. 4분의3 박자로 경쾌한 느낌이며 17세기에는 모음곡으로 썼다.

가보트(gavotte)   17–18세기에 프랑스 남부에서 유행한 2박자의 경쾌한 춤곡. 나중에 바흐와 헨델이 기악(器樂)의 모음곡에 썼다.

왈츠(waltz)   3박자의 경쾌한 춤곡. 또는 그에 맞추어 남녀가 한 쌍이 되어 원을 그리며 추는 춤.

마주르카(mazurka)   폴란드의 민속 춤곡. 또는 그 곡에 맞추어 추는 춤. 원형으로 둘러선 여러 쌍의 사람들이 발을 구르고 발뒤꿈치를 치는 것이 특징이며, 전통적으로 백 파이프 음악에 맞추어 춘다. 4분의3 박자 또는 8분의3 박자의 야성적이고 경쾌한 리듬이다.

폴카(polka)   19세기 초에 보헤미아 지방에서 일어나 전 유럽에 퍼진 4분의2 박자의 경쾌 한 춤곡. 또는 그런 춤

삶이
그림을
만날 때

지 않고 홀로 숨어서 그림을 그리기 시작해 화가가 되었다니 대단합니다. 그녀의 재능을 발견해 화가로 설 수 있도록 도와준 사람은 로트레크였다고 하네요.

르누아르의 그림에서는 고통과 슬픔, 걱정은커녕 평화와 아름다움만이 느껴지지요. 좀 비현실적이라고 생각되시나요? 우리네 일상이 마냥 평탄하고 행복하기만 할 수는 없는데 말이지요. 하지만 이런 비현실성은 철저히 그의 철학이 반영된 결과입니다. 세상에는 안 그래도 골치 아픈 일이 너무 많은데 괜스레 또 다른 골칫거리를 만들기보다는 늘 사랑스럽고 즐겁고 아름다운 그림만을 그리고 싶어 했다고 하니까요. 현실을 반영하는 화가가 있는가 하면 르누아르처럼 이렇게 현실과는 동떨어진 이상적 세계를 그린 화가도 있습니다.

화가는 자신만의 세계를 마음껏 표현해 걸작을 남기고 저는 그 걸작을 감상하며 대리 만족을 합니다. 운동에 별로 관심도 없고 겨울에는 거의 꼼짝하지 않는 저도 이런 걸작들을 보는 순간만큼은 얼음판 위를 종횡무진 누비는 스케이트 선수가 되고 화려한 왈츠의 주인공이 될 수 있거든요.

휴식 같은
그림

> *"인간의 모든 불행은 단 한 가지,
> 고요한 방에 들어앉아
> 휴식할 줄 모른다는 데서 비롯한다."*
>
> 파스칼Blaise Pascal

'근면하고 성실하자.'

어디서 많이 들어본 말이다 싶으신가요? 네, 학창 시절에 둘째 가라면 서러울 정도로 급훈으로 자주 쓰인 문구입니다. 우리나라 사람들의 근면함과 성실함은 어린 시절부터 그렇게 교육되는 것 같습니다.

저도 초등학교 때부터 대학원을 졸업할 때까지 수업에 한 번도 빠진 적이 없을 정도로 열심이었지요. '개근'은 저희 가족의 삶에서 빼놓을 수 없는 단어나 마찬가지입니다. 빠지기 싫어서라는 이유도 있었지만 아파서 몸을 가누기 어려울 때도, 몸담고 있는 곳이라면 결석하지 말아야 한다는 나름의 철칙이 있었거든요. 그런 원칙이 직장생활에까지 이어지고 있으니 고지식하다는 소리를 듣기는 합니다만 아무려면 어떻습니까. 제 삶에 충실하면 되는 거지요. 그렇게 열심히 공부하고 일한 덕분에 제가 원하는 일과 직장을 찾아낼 수 있었으니 이보다 더 좋을 수는 없었습니다.

그런데 잘 나가고 있다 싶을 때쯤, 몸에서 이상 신호를 보내왔습니다. 힘들어도 참아내며 일을 계속했지만 강한 정신력으로 밀어붙여도 더 이상 버티기가 어려워져, 결국 회사의 만류를 정중히 거절했고 잠시 쉬기로 했습니다. 승진도, 연봉 인상도 제 건강에는 아무런 도움을 주지 못했으니까요. 기계도 한참을 돌리고 나면 적당히 쉬는 시간을 주어야 하는 법이지요. 자동차도, 컴퓨터도, 다른 어떤 기계라도 마찬가지일 겁니다. 하물며 사람도 일을 하면서 잠깐씩 쉬는 시간을 두고 몸 상태를 점검해야 하는 게 당연한데 그걸 알면서도 실천하지 못했으니 몸에서 신호를 보내는 건 불 보듯 뻔한 결과였습니다.

그렇게 힘들 때 마침 휴식 같은 그림 하나를 만났습니다. 바로 귀스타브 쿠르베Jean-Désiré Gustave Courbet, 1819~1877의 〈해먹〉입니다.

해먹에서 세상 모르고 단잠에 빠질 수 있다면……. S자로 누운 여인의 자세가 금방이라도 떨어질 듯 불안하지만 신비로움이 가득한 숲에서 신선한 공기를 마시며 잠에 곯아떨어진 모습이 부러

귀스타브 쿠르베Gustave Courbet
「해먹The Hammock」
1844년, 캔버스에 유채, 70.5×97㎝, 스위스 오스카르 라인하르트 컬렉션 암 뢰머홀츠 미술관 소장웠습니다. '휴식에 목마른 사람을 위한 그림', 이런 부제를 달아도 좋을 것 같았습니다. 사실 이 그림은 1845년 살롱에서 낙선한 작품으로, 원제는 〈처녀의 꿈 Le rêve〉입니다.

쿠르베는 사실주의 화가로 잘 알려져 있습니다. 유럽 미술의 전통이라고 할 수 있는 종교나 신화를 따르지 않고 아름다움보다는 현실을 있는 그대로 그려서 오히려 비난을 받기도 했다고 합니다. 그런 비난을 감수하고서라도 자신의 화풍을 고수했으니 그는 혁명적이면서도 자신감이 넘치는 사람이었겠지요. 그가 남긴 자화상들을 통해서도 짐작할 수 있듯 그는 타인의 비난에 쉽사리 굴복할 사람은 아니었을 것 같습니다.

여기서 잠깐 그의 자화상을 꺼내볼까요?

쿠르베는 자신의 모습을 많이 그렸습니다. 젊은 시절의 초상화에는 턱을 높이 치켜든 모습이 자주 등장하는데 이 작품의 쿠르베는 마치 "나 이런 사람이요"라고 말하는 듯한 표정입니다. 전통을 깨고 새로운 미술의 시대를 연 사람의 아우라가 느껴지시나요? 재미있는 건 그 옆에 앉은 개도 주인 못지않게 당당해 보인다는 점입니다. 키우는 동물도 주인의 분위기를 닮는다고 하지요. 쿠르베의 당당함과 자신감은 몇 세기가 지난 지금 봐도 오만할 정도이니 당시 충분히 반향을 일으켰을 법합니다. 하지만 자기 자신에 대한 굳건한 믿음, 그리고 화가로서의 뛰어난 재능이 쿠르베의 이런 표정을 가능하게 했으리라 짐작합니다. "나는 신처럼 그린다"라니, 정말 대단한 자신감입니다.

자, 그럼 다시 휴식 같은 그림으로 돌아가보겠습니다.

"열심히 일한 당신, 푹 자라!"

노동을 마치고 황금색의 푹신한 건초더미를 침대 삼아 농부 부부가 한숨 늘어지게 자고 있습니다. 남편은 낫도 치워두고 아예 신발까지 벗어놓은 채 밀짚모자를 푹 뒤집어쓰고 잠들었네요. 부인도 그 옆에서 곤히 자고 있습니다. 빈센트 반 고흐 Vincent van Gogh, 1853~1890의 〈낮잠〉이라는 그림입니다. 이 그림은 장 프랑수아 밀레 Jean-François Millet의 작품에 감동을 받아 자신의 방식대로 모사한 것이라고 하지요.

헌데 이 그림을 보고 있자니 작품을 완성하고 난 화가도 피곤에 지쳐 잠에 빠져버리지는 않았을까 하는 생각이 듭니다. 팔자 좋게 늘어진 그림 속의 등장 인물이나 마음 편하게 감상하고 있는 우리와는 정반대로, 화가에게는 힘든 작업이었을 테니까요. 오죽하면 밀레는 (그림은) "여러 명의 노예가 일하듯이 그린다"라고 했을까요. 반 고흐도 그림 그리는 일을 '힘든 노동'이라고 했습니다. 그런 점에서 화가와 농부에게는 공통점이 있는 것 같습니다.

빈센트 반 고흐Vincent van Gogh
「낮잠La méridienne ou La sieste」(밀레 작품 모사d'après Millet)
1889~1890년, 캔버스에 유채, 73×91㎝, 프랑스 오르세 미술관 소장

농부가 허리를 굽혀 팔을 휘두르고 삭삭 풀을 베면서 한참을 움직이다 보면 고단함이 어깨와 팔다리는 물론이고 온몸을 짓누를 겁니다. 그럴 때 푹신한 건초더미에 잠깐 몸을 누이면 스르르 잠이 들겠지요. 설령 건초 속에 꿈틀거리는 벌레가 있다 하더라도 피곤함 때문에 그냥 곯아떨어져 버릴 겁니다.

그런데 육체노동에서 오는 피곤함은 낮잠으로 해결할 수 있어도 정신적인 스트레스는 어떻게 할 것이냐 하는 질문도 있을 수 있겠지요. 몸과 마음을 추스르기 위해 어떻게 하면 편하게 쉴 수 있을지 평소에 생각해두면 좋을 듯합니다. 저는 그동안 모아둔 휴식 같은 그림, 휴식 같은 음악과 함께 합니다. 명화들을 감상하되 철저히 그림 속에 들어가보는 겁니다. 혹은 바이올린 연주를 틀고 볼륨을 크게 올려 끊어질 듯 팽팽한 바이올린 현의 긴장감이 최고조에 달하는 부분에 모든 스트레스를 실어 보내지요.

전력 질주도 좋지만 이제는 조금씩 쉬어가라고 이 그림들은 말하는 것 같습니다.

2부

그대

그리고 나

에밀 레비Emile Lévy

「연애편지La lettre d'amour」

1872년, 캔버스에 유채, 120.7×160㎝, 개인 소장

연애
편지

"사랑은 눈으로 보지 않고
마음으로 본다."

셰익스피어William Shakespeare

무도회라도 다녀온 걸까요? 여인의 고급스런 초록빛 드레스와 붉은색 머리 장식, 하얀 장갑과 부채만으로 화려한 여운이 감돕니다. 아마 집으로 돌아오자마자 소파에 엎드린 모양이지요. 얼마나 급했는지 부채와 장갑도 허겁지겁 바닥에 던져놓은 채 어정쩡한 자세로 편지를 읽고 있네요. 이렇게 아늑한 거실이라면 아무에게도 방해 받지 않고 혼자 조용히 편지를 읽기에 안성맞춤일 겁니다. 연애편지라면 더욱 그렇겠지요.

콩닥콩닥. 마치 여인의 심장소리가 들리는 것 같지요? 어떻게 보면 편지를 쥔 두 손이 살짝 떨리는 듯도 합니다. 여인은 두방망이질 하는 가슴을 진정시키며 글자들을 찬찬히 읽어내려 갑니다.

편지를 읽는 여인의 볼은 점점 발갛게 상기되어 갑니다. 아, 진정 되지 않는 가슴을 어찌하면 좋을지. 여인의 가슴이 두근거릴 때마다 하얀 귀걸이가 달랑거립니다.

이 그림은 프랑스의 아카데미즘 화가 에밀 레비 Emile Lévy, 1826~1890 의 〈연애편지〉입니다. 에밀 레비는 주로 초상화를 그렸는데, 이 작품에서는 연애편지를 읽는 몰입의 순간을 보여줍니다. 붉은 소파와 초록빛 드레스, 하얀 귀걸이와 같은 소품의 색채 대비 효과로 우리의 시선을 모으고, 오로지 편지 읽기에 여념이 없는 순간에 동참하게 해 연애편지를 읽는 설렘과 두근거림을 고스란히 전합니다. 그래서인지 몰라도 연애편지라는 제목의 수많은 그림 중에서도 저는 유달리 이 작품에 애착이 갑니다.

여기서 잠깐. 연애편지 하면 반드시 생각나는 남자, 연애편지와 떼려야 뗄 수 없는 남자가 있으니 이름하여 '시라노'입니다. 그는 둘째가라면 서러울, 연애편지의 달인이자 대필의 대명사라고 할 수 있겠지만, 그렇다고 그 정도로 폄하해서는 안 되겠지요. 거의 예술적 경지에 이른, 문장의 대가로 추대해주어야 할 것 같습니다. 시라노는 프랑스 작가 에드몽 로스탕 Edmond Eugène Alexis Rostand 이 쓴 희곡 《시라노 Cyrano》에 등장하는 주인공인데, 저는 영화로 이 작품을 접했습니다.

17세기 프랑스의 문인이자 무예에도 출중한 시라노는 록산느라는 팔촌 여동생을 사랑하지만 기형적이라 할 만큼 유달리 큰 코에 대한 콤플렉스 때문에 자신감을 상실해 좀처럼 그녀에게 다가서지 못하고 전전긍긍합니다. 그러나 애석하게도 록산느는 시라노의 근위대에 있는 미남 청년 크리스티앙과 사랑에 빠집니다.

다행히 신은 공평했습니다. 외모가 뛰어난 크리스티앙에게는 여성을 사로잡을 만한 글솜씨도 말재주도 없었거든요. 시라노는 옳거니, 마침 잘되었다 싶었을 겁니다. 자신의 사랑을 도저히 드러낼 수 없었던 그는 크리스티앙이 록산느에게 보내는 연애편지를 대신 써주는 방법으로 록산느에 대한 애절한 사랑을 표현합니다. 실체를 드러내지 않고도 자신의 사랑을 전달하려면 이 방법이 최선이었겠지요. 거두절미하고 시라노라는 볼품없는 외모의 문장가가 쓴 절절한 사랑의 언어가, 글재주 없는 크리스티앙이라는 청년의 출중한 외모와 어우러져 굉장한 시너지 효과를 발휘하게 되었다고 보면 될 것 같습니다.

그렇다면 이렇게 심금을 울리면서도 문학적으로도 더할 나위 없이 훌륭한 연애편지를 받은 록산느는 과연 어떻게 화답했을까요? 그 답은 결혼이었습니다. 세상에 이럴 수가! 아직 영화가 끝나려면 한참 멀었는데 도대체 어떻게 진행되려나 싶더군요. 그래도 가급적 덤덤하게 지켜보기로 했습니다.

결혼식을 치르자마자 크리스티앙은 전쟁터로 불려나가게 됩니다. 자, 이쯤 되면 시라노는 물러나고 크리스티앙의 본모습이 들통나 록산느가 실망을 금치 못해 헤어진다는 결론이 날 수도 있겠지요. 아니면 결혼까지 한 마당에 이제 와서 뭘 어쩌겠느냐고 체념하면서 끝을 맺을지도 모르겠네요. 사실 저는 내심 전자를 기대하고 있었습니다만 결말은 그 어느 쪽도 아니었습니다.

시라노는 두 사람이 결혼한 뒤에도 록산느에 대한 사랑의 언어를 계속 담아 보냈습니다. 물론 발신인은 여전히 크리스티앙이었습니다. 도대체 시라노는 언제까지 그늘에 숨어서 남 좋은 일을 하게 되나 싶었는데 어느 날 크리스티앙이 전사하게 됩니다. 남편을 잃은 록산느는 결국 수녀원으로 들어가고, 시라노는 긴긴 세월 동안 록산느를 찾아가 말동무가 되어줍니다. 진득하게 기다려온 저 역시도 두 사람의 마음이 드디어 하나가 될 수 있을지 모른다는 부푼 기대감에 이제나저제나 해피엔딩만을 바라고 있었습니다.

아, 그런데 이게 웬일입니까? 제 예상은 또 한 차례 빗나가버렸습니다. 수녀원으로 가던 시라노는 자신을 시기하던 자들에 의해 머리를 다치고 맙니다. 그 와중에도 그의 마음속엔 사랑하는 록산느뿐이라니, 시라노식 사랑은 정말 어지간한 게 아닙니다. 마음에 들면 직설적으로 표현하며 다가가고 그러다 싫증이 나면 쉽게 헤어지는 사랑을 가볍다고 보는 저조차도 답답할 지경이었습니다.

그는 록산느가 있는 수녀원에 간신히 당도하게 되고, 마침내 록산느 앞에서 자신이 쓴 시와 편지를 읊으며 서서히 죽어갑니다. 뒤늦게나마 모든 사실을 알게 된 록산느는 죽어가는 시라노에게 자신이 사랑한 사람은 사랑의 언어를 들려준 시라노라고 고백하지요. 시라노는 저 세상에서라도 사랑할 록산느의 품에서 숨을 거둡니다. 시라노가 외모에 좀 더 자신감을 가졌더라면, 크리스티앙이 시라노의 글재주를 자기의 것인 양 하지 않았더라면, 그리고 록산느가 진실을 좀 더 일찍 알았더라면…….

수백 통의 연애편지를 쓴다 한들 사랑하는 사람과의 만남으로 성사되지 못한다면 다 부질없는 짓이라고, 애절한 연애편지 한번 써본 적 없는 저는 이 영화를 보면서 그렇게 생각했습니다. 그렇다고 상대방이 알아주지 않아도 좋은, 바라보며 가슴 저미는 해바라기 같은 사랑만이 진짜 사랑이라고 할 수도 없겠지요. 다만 사랑하는 사람을 위해 펜을 굴리고 칠흑 같은 밤을 하얗게 지새우며 편지를 쓰는 애틋한 마음, 그 마음이야말로 진정 아름다운 것이 아닐까 짐작해봅니다.

같은 곳을
바라보며

사랑은 마주보는 것이 아니라
함께 같은 방향을 보는 것이다."

생텍쥐페리|Antoine Marie-Roger De Saint-Exupéry

"미팅도 안 하고 도대체 무슨 재미야?"

"설마 소울 메이트가 하늘에서 우연히 떨어지기를 바라는 건
아니지? 그런 건 없어. 열심히 찾아다녀야 해."

아직까지 연애에 관심이 없는 탓에 학창 시절부터 이런 소리를
종종 듣곤 합니다. 그러면 저는 그냥 웃어버립니다. 어색하고 서
먹한 만남의 자리에 떠밀리듯 나가는 게 싫어 유유자적(?) 지낼
뿐인데, 급기야 '천연기념물'이라는 별명까지 얻고 말았습니다.

하지만 모르는 일이지요. 영화 《비포 선라이즈Before sunrise》 같
은 일이 저한테도 일어날지. 백마 탄 왕자가 나타나주길 바라는
건 아니지만 이 사람이다 싶은 사람을 우연히 만날 가능성 정도

는 열어둬도 나쁠 것 없겠지요. 가랑비가 살며시 옷을 적시듯 모르는 사이 서서히 다가오는 사랑, 우연을 가장한 인연에 귀가 더 쫑긋해집니다. 사랑은 조용히 온다고 한 글로리아 밴더빌트^{Gloria Vanderbilt}의 말을 여전히 믿고 있으니까요.

어떤 사람을 어디서 어떻게 만나게 될 지는 알 수 없어도 언젠가 누군가를 사랑하게 되면 둘만의 세상을 소중하게 만들어가야 겠지요. 그 세상을 만드는 건 마치 정원을 가꾸는 것과 비슷하리라 짐작합니다. 사랑에 빠지는 것은 기대를 잔뜩 품고 첫 삽을 뜨며 씨앗을 심는 마음이랄까요. 적당한 따스함과 배려로 가꾸면 정원에는 꽃이 만발하겠지만, 지나친 관심과 간섭은 정원에 꽃을 피우기는커녕 싹을 틔워보지도 못하고 정원을 황폐하게 만들 수도 있을 겁니다. 어떤 정원을 만들 것인가는 전적으로 두 사람이 하기에 달렸습니다. 자신의 세계를 잘 가꾼 사람만이 타인을 만났을 때, 보다 완전한 세상을 만들 수 있겠지요. 그러니 자신과 상대방에 대한 신뢰는 기본입니다. 사랑한다는 미명 아래 집착하고 구속한다면 그 세상은 정원이 아니라 갑갑한 감옥이 되어버릴 테니까요.

그렇기에 생텍쥐페리가 사랑은 서로 바라보는 것이 아니라, 함께 같은 방향을 바라보는 것이라고 한 건 아닐까요. 리카르드 베리^{Sven Richard Bergh, 1858~1919}의 〈북유럽의 여름 저녁〉처럼 말이지요.

리카르드 베리Richard Bergh
「북유럽의 여름 저녁Nordisk sommarkväll」
1899~1900년, 캔버스에 유채, 170×223.5㎝, 스웨덴 예테보리 미술관 소장

이 그림은 서로 적당히 거리를 둔 채 상대방의 존재를 인정하고 각자의 자유를 존중하면서 '따로 또 같이' 꿈을 가꾸고 함께 나아가는 사랑을 보여줍니다.

리카르드 베리는 주로 스웨덴의 경치나 초상화를 그렸습니다. 그의 아버지 역시 풍경화가였다고 하지요. 리카르드 베리는 스톡홀름의 미술 아카데미에서 수학한 뒤 프랑스 파리로 건너가 공부를 계속했습니다. 그의 풍경화는 스웨덴 미술의 발전에 큰 영향을 미쳤습니다만 초상화가로서의 입지도 대단합니다. 심리학에도 관심이 많아서 자신의 작품에 반영하기도 했습니다. 〈북유럽의 여름 저녁〉에도 어쩌면 자신만의 사랑 심리학이 드러나 있는 게 아닐까 합니다.

그런가 하면 카스퍼 다비드 프리드리히Caspar David Friedrich, 1774~1840의 〈범선에서〉도 제가 바라는 이상적인 사랑의 모습이 단 한 장면에 담겨 있습니다.

한 쌍의 남녀가 갑판 위에서 두 손을 꼭 잡은 채 항해하고 있습니다. 나란히 앉은 두 사람의 시선은 오로지 앞만 바라보고 있네요. 약간은 긴장한 것도 같습니다. 아마 새 출발을 하는 남녀가 미지의 나라로 향하는 듯합니다. 꼭 잡은 두 손은 무언의 약속이겠지요.

"조금만 더 가면 그곳에 닿게 되는데, 준비되었소?"

"그럼요. 당신과 함께라면 아무것도 두렵지 않아요."

부럽습니다. 독일 속담에 '사랑은 장애물에 부딪칠수록 점점 더 잘 자란다'고 하지요. 두 사람에게 어떠한 역경이 다가와도 부디 앞으로도 변함없이 사랑하기를…….

카스퍼 다비드 프리드리히Caspar David Friedrich
「범선에서On Board a Sailing Ship」
1818~1820년, 캔버스에 유채, 71×56㎝, 러시아 에르미타주 미술관 소장

행복의 단꿈

프레더릭 레이턴
Frederic Leighton

❧

젊은 신혼부부의 희망찬 새 출발이 따사로운 색채에 담겨 있습니다. 참 꿈결 같은 그림입니다. 소망, 감사, 행복……. 부부의 얼굴을 보기만 해도 밝은 단어가 절로 떠오릅니다. 얼굴을 맞대고 꼭 잡은 두 손은 서로에 대한 신뢰, 사랑의 상징일 겁니다.

평생 독신으로 지냈다는 레이턴도 한 번쯤은 이렇게 이상적인 부부의 모습을 그려본 모양이지요? 미혼인 사람에게는 미래의 남편이나 아내의 모습을 잠시 상상해보는 두근거림도 선사해줍니다.

빅토리아 시대의 영국 화가 프레더릭 레이턴^{Lord Frederick Leighton, 1830~1896}은 최초로 남작^{baron}의 작위를 받을 정도로 권세를 누렸습니다. 19세기 가장 유명한 화가 중의 한 명이었지요. 이 그림을 보고 그를 기억하는 사람이 많아지면 좋겠습니다.

「화가의 신혼여행The Painter's Honeymoon」
1864년경, 캔버스에 유채, 83.8×76.8㎝, 미국 보스턴 미술관(MFA) 소장

「연인The Lovers」
1874년, 목판에 유채, 46.5×56.7㎝, 개인 소장

존 앳킨슨 그림쇼
John Atkinson Grimshaw

❦

'달빛 화가' 존 앳킨슨 그림쇼 John Atkinson Grimshaw, 1836~1893 의 야경입
니다. 그림쇼는 안개가 자욱하게 깔려 몽상적인 분위기를 자아내는
도시의 야경 그림으로 유명하지요.

〈연인〉을 감상할 때에는 드뷔시의 〈달빛〉이 배경음악으로 나지막
이 깔리면 잘 어울릴 것 같습니다.

한적한 밤길을 연인 한 쌍이 서로 꼭 끌어안은 채 걷고 있습니다.
닭살 커플 등장인가요? 저런 상황이라면 휘영청 뜬 달마저도 슬그머
니 자리를 피해주어야 할지 모르겠습니다.

사랑의
콩깍지

"잘츠부르크의 소금광산 깊은 곳에 잎이 떨어진
나뭇가지를 던져 넣어 두고 서너 달쯤 뒤에 꺼내보면
나뭇가지가 온통 반짝이는
소금 결정들로 뒤덮여 아름답게 빛난다.
소금 결정이 원래의 평범한 나뭇가지를 가려
다이아몬드 가지처럼 보이게 하는 것이다."

스탕달 Stendhal

구수한 콩밥을 지어 먹으려고 콩꼬투리를 손질했습니다. 콩깍
지가 수북이 쌓였는데 털이 까슬까슬한 게 마치 면도 안 한 아버
지의 볼 같습니다. 저는 콩깍지를 손질할 때마다 '눈에 콩깍지가
씌었다'는 표현이 생각납니다. 이 얼마나 절묘한 표현인가요. 콩깍
지를 한번 만져보세요. 어찌나 까슬까슬한지 만일 눈에 씌게 되
는 상황이 생긴다면 앞을 보기는커녕 눈을 뜰 수조차 없을 겁니

장 오노레 프라고나르Jean-Honoré Fragonard
「사랑의 고백La Confession d'amour」
1771년, 캔버스에 유채, 318×215㎝, 미국 프릭 컬렉션 소장다. 그러니 상대방이 얼마나 좋으면 이런 표현을 쓰게 되는 걸까요. 도대체 사랑이 뭐길래.

그림에서도 눈에 콩깍지를 씌운 듯한 연인들을 자주 볼 수 있는데 장 오노레 프라고나르의 〈사랑의 고백〉은 그중 대표적인 그림입니다. 아름다운 석상, 붉은 파라솔, 무성한 나무 사이로 보이는 푸른 하늘……. 이 낭만적인 배경의 한가운데에 남녀 한 쌍이 있습니다. 발치에는 충실한 애정을 상징하듯 개 한 마리가 로맨스의 증인이 되어주고 있고요. 여인은 미소를 띄울 듯 말 듯 그러나 진지한 표정으로 편지를 읽고 있습니다. 편지는 분명 남자가 건네주었을 테지요. 남자는 여인의 옆에 찰싹 붙어서 자신의 얼굴을 들이댄 채 뚫어져라 여인만을 바라보고 있습니다. 이거, 콩깍지가 씌어도 단단히 씌운 모양입니다. 남자의 눈빛이 너무 뜨거워 소름이 돋을 정도인데요. 이 지경까지 되면 주변 사람은 전부 모자이크고 저 먼 곳에서도 자신의 연인만 후광을 두른 듯 반짝반짝 빛나 보일 겁니다. 옆에서 누가 말을 걸어도 '쇠귀에 경 읽기'겠죠. 병입니다, 병. 그것도 중증이지요.

존 윌리엄 워터하우스 John William Waterhouse, 1849~1917의 〈아폴론과 다프네〉는 또 어떤가요. 이 작품에는 콩깍지가 씐 태양신 아폴론의 모습이 등장합니다. 아폴론과 다프네의 이야기는 아마 알고 계실 겁니다.

존 윌리엄 워터하우스John William Waterhouse
「아폴론과 다프네Apollo and Daphne」
1908년, 캔버스에 유채, 145×112㎝, 개인 소장

명사수 아폴론은 피톤이라는 무시무시한 뱀을 죽이고 의기양양해 있었습니다. 그때 마침 아프로디테의 아들인 어린 에로스가 화살을 가지고 있는 것을 보았습니다. 아폴론은 화살이란 어른이나 쓰는 무기지 애가 가지고 놀 물건이 아니라며 에로스를 비웃었습니다. 이 말을 들은 에로스는 서로 다른 두 개의 화살, 즉 애정을 일으키는 금 화살과 그것을 거부하는 납 화살을 준비합니다.

에로스는 금 화살은 아폴론의 가슴에, 납 화살은 요정 다프네의 가슴에 쏘았습니다. 다프네는 연애에 워낙 관심이 없는 요정이었다고 하지요. 아폴론은 다프네를 보자마자 즉각 사랑에 빠지게 되었으나 다프네는 연애를 끔찍하게 여기게 됩니다. 사랑에 빠진 아폴론은 다프네를 죽기 살기로 쫓아다니지만 사랑을 거부하는 화살을 맞은 다프네는 필사적으로 도망을 칩니다. 갖출 것 다 갖춘 태양신 아폴론의 체면이 말이 아닙니다만 그런 것쯤 아무것도 아니겠지요. 다프네의 사랑을 얻을 수만 있다면! 추격하는 아폴론이 더 빨라 그녀를 붙잡게 되자 힘이 빠진 다프네는 쓰러지면서 아버지인 강의 신 페네이오스에게 자신을 보호해달라고 호소했습니다. 말이 끝나자마자 그녀는 나무로 변하게 됩니다.

그림 속의 아폴론과 다프네는 마치 추격자와 사냥감 같습니다. 자신의 의지는 아니었더라도 사랑에 빠진 아폴론의 눈에는 오로지 다프네밖에 보이지 않습니다. 무슨 수를 써서라도 다프네에게

닿고 싶고 잠깐이라도 그녀의 연인이 되고 싶은 아폴론과 겁에 질린 표정으로 그의 손을 뿌리치며 달아나는 다프네. 두려움이 가득한 다프네의 표정 때문에 이 장면은 영화에 자주 나오는 '날 잡아봐요' 놀이가 될 수 없는 겁니다. 어쨌든 두 사람의 모습은 각각 자신의 입장에서 절실해 보입니다. 잡힐 듯 말 듯 아슬아슬하면서도 로맨틱한 순간을 포착한 그림입니다.

물론 이렇게 낭만적인 그림만 있는 건 아닙니다. 사랑의 콩깍지 때문에 패가망신하는 경우도 있으니까요. 바로 구약성경 〈사사기〉에 나오는 삼손의 이야기입니다. 태어날 때부터 괴력을 지닌 유대인 삼손은 블레셋 사람들에게는 골칫덩어리였습니다. 그래서 그들은 블레셋의 절세미인 데릴라로 하여금 삼손의 무시무시한 힘이 어디서 나오는 것인지 알아보게 합니다. 남자는 모두 미인계에 약한 걸까요. 천하의 삼손도 고혹적인 데릴라에 눈이 멀어 치명적인 사랑에 빠지게 됩니다. 결국 데릴라는 삼손의 힘이 머리카락에 있다는 것을 알고는 그를 배신합니다. 머리카락이 잘린 삼손은 힘을 잃고 블레셋 사람들에게 붙들려 두 눈을 잃게 되고 감옥에 갇히고 맙니다. 그야말로 '사랑은 눈을 멀게 한다Love is blind'는 속담 그대로입니다. 그러고 보니 톰 존스Tom Jones가 부른 올드팝 〈딜라일러Delilah〉는 바로 데릴라의 영어식 발음이네요. 연인을 배신하는 데릴라는 이 노래에서도 팜파탈femme fatale로 등장합니다.

삼손과 데릴라를 주제로 한 그림도 많지만 그중에서도 독일의 인상주의 화가 로비스 코린트Lovis Corinth, 1858~1925의 〈눈먼 삼손〉은 처절한 순간을 강렬한 색채로 표현한 명화입니다. 유혹에 빠진 자신을 뉘우치고 힘을 되찾아 자신의 민족을 구원하는 것으로 삼손의 이야기를 끝을 맺지만 사랑의 콩깍지가 잘못 씌면 자칫 인생의 나락으로 떨어질 수도 있다는 교훈을 아주 실감나게 보여 주는 그림이 아닐까 합니다.

혹시나 하는 마음에 코린트의 생애를 훑어보니 그는 삼손처럼 팜파탈 때문에 고생한 화가는 아니었습니다. 자신의 제자로 들어 온 20세 연하의 여인과 결혼했다고 하지요. 훗날 뇌출혈을 일으켜 몸의 왼쪽 부분이 마비되자 아내의 극진한 보살핌 덕에, 왼손 잡이였던 그는 오른손으로 그림을 그릴 수 있게 되었다고 합니다.

'사랑=기쁨+고통'이라는 사실을 뻔히 알면서도 일단 콩깍지가 씌면 제대로 보이는 것이 없는 것 같습니다. 결과를 예측하면서 사랑에 빠지는 사람은 없을 테니까요. 그러니 상대가 설령 뱁새 눈이어도, 코가 좀 비뚤어졌어도 세상 그 누구보다 가장 멋지고 가장 예쁜 나만의 사람으로 빛나 보이는 겁니다. 먼 훗날, 그때는 제 정신이 아니었다는 말을 하게 되더라도 사랑을 앓았던 순간의 절실함은 인생을 살아볼 만한 것으로 느끼게 하는가 봅니다. 그래서 사랑, 사랑 하는 것이겠지요.

로비스 코린트Lovis Corinth
「눈먼 삼손Samson blinded」
1912년, 캔버스에 유채, 130×105㎝, 독일 베를린 국립 미술관 소장

헨리 스콧 튜크Henry Scott Tuke
「약속The Promise」
1888년, 캔버스에 유채, 56.8×67.5㎝, 영국 워커 미술관 소장

내 사람이
되어주오

"결혼의 성공은
적당한 짝을 찾기에 있기보다는
적당한 짝이 되는데 있다."

앙드레 모루아 André Maurois

흔히 5월을 결혼의 계절이라고 합니다. 따스한 분홍빛 꽃바람과 장밋빛 미래에 대한 기대감이 잘 어울리기 때문일까요. 신혼 부부의 행렬이 줄을 잇습니다. 덕분에 매년 5월이 되면 제 주변에서도 결혼 소식이 끊이질 않습니다. 주변 사람들이 하나 둘 짝을 찾아 떠나면 마음이 싱숭생숭해져야 하는데 행인지 불행인지 아직은 축하하고 싶은 마음뿐입니다.

저는 결혼을 하는 사람들에게 꼭 물어보고 싶은 말이 있습니다. 도대체 어떻게 청혼을 하고 받았느냐는 거지요. 여자들은 보통 낭만적인 청혼의 장면을 상상하곤 합니다. 영화 속 주인공처럼 남자가 감미로운 사랑 노래를 부르며 화려한 반지와 붉은 장미 꽃다발을 선사하는 것도 나쁘지 않겠지요. 하지만 가장 궁금한 건 청혼할 때 건네는 말입니다. 한마디로 간단하게 "사랑하니까 평생 함께 삽시다" 아니면 좀 더 섬세하게 "같은 미래를 꿈꾸며 희로애락을 함께 하고픈 상대는 당신뿐이니 결혼해주오", 이런 말을 했을까 궁금한 겁니다.

그림 같은 청혼 장면이란 바로 이런 거다 싶은 명화가 있습니다. 바로 영국 화가 헨리 스콧 튜크Henry Scott Tuke, 1858~1929의 〈약속〉입니다. 소박하면서도 진지한 느낌이 좋아서 몇 번이고 바라보게 되는 그림입니다. 튜크는 다작을 한 화가로, 평생 그린 작품이 무려 천삼백 여 점을 웃도는 데다가 아직도 작품이 발견되고 있을 정도라고 합니다.

그는 어린 시절부터 그림을 그렸습니다. 영국의 슬레이드예술학교Slade School of Art에서 공부하다가 파리로 건너갔는데 그곳에서 프랑스 자연주의 화가인 쥘 바스티앵르파주Jules Bastien-Lepage를 만나게 됩니다. 바스티앵르파주는 그에게 야외에 직접 나가 그림을 그려보라고 권유했다지요.

튜크는 초기에 신화적인 장면 속에 누드를 담는데 평론가들에게 활기 없고 맥이 빠진 작품이라고 평가를 받은 모양입니다.

그는 1890년대부터 신화를 포기하고 젊은 남자와 소년의 누드에 올인합니다. 그때부터 낚시를 하거나 수영 혹은 다이빙하는 소년의 이미지가 주를 이루게 되었지요. 그의 그림 속에 등장하는 남자는 하나같이 군살 없는 늘씬한 몸매의 소유자들입니다. 하지만 젊은 남자와 소년의 누드라니 어째 동성애자 취향 아닌가 싶으셨나요? 당시 주 고객층이 동성애 작품 수집가였다고 하니 그런 생각이 드는 것도 무리는 아닌 것 같습니다.

그중 하나인 〈8월의 푸른 빛〉이란 제목의 작품을 소개합니다. 소년들은 지금 바다 한가운데서 뜨거운 태양을 받으며 여름의 한때를 즐기고 있습니다. 한 명은 물속에 아직 몸을 담근 채 노를 든 소년과 이야기 중이고 나머지 두 명은 느긋하게 일광욕을 즐기고 있습니다. 그래도 이 그림을 보는 사람들의 시선은 근사한 몸매를 자랑하며 뱃전에 한 발을 걸치고 서있는 소년에게로 쏠리는 모양입니다. 아름다운 것은 늘 선망의 대상이 되곤 하니까요. 깊고 푸른 바다, 피부에 반사되는 태양, 빛나는 피부 표현을 보니 튜크 역시 빛의 화가였나 봅니다.

〈약속〉 이야기를 계속해보겠습니다. 달콤한 향기가 가득한 꽃나무 아래 한 쌍의 남녀가 앉아있습니다. 남자는 여인을 진지하게 바라보며 손을 꼭 잡고 가슴 근처에 얹어 놓았습니다. 방금 맹세를 끝낸 걸까요, 아니면 이제 곧 말을 꺼내려는 걸까요. 그림을 보는 저조차도 침을 꼴깍 삼키게 됩니다. 그런데 여인의 옆모습에서는 표정을 도통 읽을 수가 없네요. 어쩌면 남자가 미래를 함께 하자고 말하려는 순간이 아닐까 조심스레 짐작해봅니다. '진실하다'라는 단어가 무색하리만큼 묵직한 눈빛입니다. 저런 눈빛이라면 반짝이는 결혼반지나 흔한 장미 꽃다발도 필요 없겠지요. 제가 이 여인이었다면 아마 바로 결혼을 승낙했을 것 같습니다.

결혼하면 손에 물 한 방울 묻히지 않게 하겠다, 돈 많이 벌어서 호강하게 해주겠다, 여왕처럼 받들겠다……. 일반적으로 남자들은 이런 말을 한다고 하지만 그림의 분위기로 미루어보아 더 견실한 말을 건넸을 듯합니다. 그러나 어떤 약속을 하든 너무 많은 것을 맹세하지는 않기를 바랍니다. 약속이 너무 많아지면 지키기 어려워지는 법이니까요.

어쨌거나 참 잘 어울리는 한 쌍입니다. 두 사람은 어떻게 만났을까 하는 또 다른 궁금증이 생깁니다. 우연한 계기로 만나 얼굴을 익히고 자꾸 마주치다 보니 친근해지고 시간이 지날수록 서로를 보지 못하면 허전하고……. 그렇게 차츰 서로에게 익숙해지면서 건실한 애정을 키우게 되었을 거라고 상상해봅니다.

세상은 돌고 돈다더니, 요즘에는 우리나라에서도 상대의 성격이나 인성을 알지 못한 채 만나는 것에 대한 거부감과 이런저런

헨리 스콧 튜크Henry Scott Tuke
「8월의 푸른 빛August Blue」
1893~1894년, 캔버스에 유채, 121.9×182.9㎝, 영국 테이트 갤러리 소장

폐해 때문에 일상에서 자연스러운 만남을 추구하는 세태로 다시 바뀌어가고 있다고 하네요. 자다 깬 부스스한 얼굴까지도 사랑할 수 있는 상대를 만나야 할 테니까요.

서로가 서로를 선택해 앞날을 함께 하기로 맹세하고 드디어 부부가 되었을 때 두 사람의 행복감은 최고조에 달하지 않을까 짐작해봅니다. 프레더릭 레이튼의 〈부부〉처럼요. 지금 이 두 사람은 서로에게 기댄 채 서로의 존재만을 느끼고 생각합니다. 그는 그녀에게, 그녀는 그에게 반쪽이라고 말할 수 있습니다. 꽤 오래되었지만 잊히지 않는 톰 크루즈 주연의 영화 《제리 맥과이어^{Jerry Maguire}》에서 제리가 도로시에게 건넨 "You complete me"라는 대사가 이 장면에 완벽하게 어울릴 듯합니다. 어떠한 방해꾼도 파고들 틈이 없어 보이네요. 이 아름다운 부부처럼 행복한 나날을 지속할 수 있는 비결을 알려줄 분 계신가요?

결혼에 대한 지침서가 많이 있지만, 수백 년이 흘러도 변하지 않는 기본적인 가치를 보여주는 고전에서 그 비결을 찾는 것이 현명하지 않을까 싶습니다. 예를 들면 셰익스피어의 《오셀로^{Othello}》 같은 작품이지요.

베니스 원로원 의원의 딸 데스데모나는 흑인 장군 오셀로를 사랑하지만 부친의 반대가 심합니다. 그러나 쉽사리 굴복한다면 그

프레더릭 레이튼Frederic Leighton
「부부Wedded」
1882년, 캔버스에 유채, 145.4×81.3㎝, 호주 뉴사우스웨일즈 주립미술관 소장게 어디 사랑인가요. 데스데모나는 극심한 반대에도 불구하고 결혼을 감행합니다. 하지만 오셀로의 기수旗手인 이야고는 그토록 바라던 부관 지위를 카시오에게 빼앗기자 앙심을 품고 두 사람에게 복수를 계획합니다. 간교한 이야고는 오델로가 데스데모나와 카시오 사이를 오해하게끔 만듭니다. 처음에는 그토록 부정하던 오셀로도 결국에는 이야고의 거짓말을 믿게 되고 결국 질투심과 의심이 극에 달해 데스데모나를 목졸라 죽이고 맙니다. 나중에 모든 진실이 밝혀지자 오셀로는 슬픔과 고통을 이기지 못해 자살하지요. 극단적이라고만 생각했던 이런 이야기가 오늘날에도 비일비재한 것을 보면서 셰익스피어는 과연 인간 심리의 달인이었구나 하고 감탄하게 됩니다.

《오셀로》는 초지일관의 신뢰와 사랑, 성실함이 진정한 부부의 삶이요, 평화로운 보금자리를 만드는 지름길이라고 충고하는 듯합니다. 결혼하는 사람들이 이것 하나만은 꼭 기억하면 좋겠습니다.

아픔을
보듬다

"남몰래 하는 선행은 땅 속을 흐르며
대지를 푸르게 가꾸어주는
지하수 줄기와 같은 것이다."

토마스 칼라일Thomas Carlyle

요즘처럼 풍요로운 시대에도 점심을 굶다시피 하는 아이들이
많은 것 같습니다. 풍요와 빈곤의 격차가 극심해 일어난 현상이겠
지만 형편이 어려운 아이들의 이야기를 들을 때마다 옛일이 떠오
르곤 합니다.

제가 초등학교에 다니던 시절에는 각 반마다 형편이 아주 어려
운 친구들이 좀 있었는데, 제 동생과 제 학급도 예외는 아니었습
니다. 저희 집보다도 형편이 훨씬 어려워, 점심 급식은커녕 도시락
조차 싸오지 못하고 학교 운동장의 수돗물로 배를 채우던 친구
들이 있었거든요. 늘 안타까우면서도 뾰족한 수는 없고 가끔 도

시락을 나눠먹으려 시도했지만 쉽지 않았습니다. 그렇게 한 학기가 지나가는 듯했는데 어느 날 동생이 깜짝 놀랄 만한 제안을 했습니다. 집 근처 지하철역에서 모금을 하자는 것이었어요. 그런 제안에 선뜻 발벗고 나설 용기들 있으신가요?

물론 당시의 저에게는 그럴 만한 용기가 없었고 어른들이 고사리손 어린이의 모금함에 돈을 넣어줄까 반신반의하기도 했습니다. 그렇다고 단호하게 결의를 다지는 동생을 격려하지는 못할망정 매정하게 거절할 수도 없었고 점심시간이 돌아오기 전에 매일 쏜살같이 사라지는 그 친구들의 모습도 눈앞에 아른거려 한번 나서보기로 했지요.

저희는 상자 하나에 구멍을 내 '모금함'이라고 적어 지하철역 입구에 자리했습니다. 마지못해 나가기는 했는데 도저히 입이 떨어지지 않아 그냥 잠자코 서있기를 몇십 분……. 사람들이 꽤 오가긴 했지만 모금함에는 지폐는커녕 백 원짜리 동전 한 닢도 모이지를 않았습니다.

바로 그때 동생이 저보다 한발 앞서 용감하게 "친구들을 도와주세요"라며 미소 지었고 어른들은 "그 녀석 참 씩씩하네" 하면서 모금함에 백 원, 오백 원씩 넣어주는 것이었습니다. 동생이 벌써 몇 천 원을 모금하는 동안 저는 꾸어다 놓은 보릿자루마냥 입을 꾹 다물고 그저 자리만 지키고 있었습니다. 워낙 수줍음이 많앉던 터라 도저히 말문이 트이지 않았다는 말도 변명에 불과했던 것 같습니다. 수업 시간에 열심히 발표하고, 반장으로서 친구들을 이끌었던 리더십이 그날 지하철역 앞에서는 무용지물이었던 겁니다.

열심히 모금을 하고 있는 동생 앞에서 괜스레 미안한 생각이 들었고 언니로서의 체면도 말이 아닌 것 같아 드디어 "도와주세요"라고 힘겹게 첫마디를 내보냈습니다. 신기하게도 첫마디가 나가자 그 다음부터는 오히려 쉬웠습니다. 둘이서 한목소리로 힘차게 모금을 했습니다. 한두 시간 흐르고 나니 많은 돈은 아니지만 다행히 어느 정도의 금액이 모였지요. 선생님께 돈을 전달하고 나니 어려운 처지에 있는 친구를 조금이나마 도울 수 있었다는 사실에 마음 한구석이 꽉 차오르는 느낌이었습니다.

이후 동생은 직장을 다니는 와중에도 어려운 사람을 돕는 일을 함께 하자고 제안했습니다. 승진을 하고 나니 업무도 더 많아지고 책임도 무거워진 상황이라 쉽사리 응할 수 없었지만, 고민 끝에 동생의 제안을 받아들이기로 했습니다. 덕분에 2년이라는 시간 동안 주말마다 어려운 이들의 마음에 조금 더 가까이 다가갈 수 있었던 것 같습니다. 동생이 아니었다면 그런 봉사 활동을 실천하기까지 제법 많은 시간이 걸렸거나 아예 시작조차 못했을 겁니다.

에메 모로^{Aimé Morot, 1850~1913}의 오래된 흑백 사진 같은 〈선한 사마

에메 모로Aimé Morot
「선한 사마리아인The Good Samaritan」
1880년, 캔버스에 유채, 268.5×198cm, 프랑스 프티팔레 미술관 소장리아인〉을 볼 때마다 이런저런 기억들이 겹쳐지곤 합니다. 이 그림은 〈누가복음〉 10장에 나오는 사마리아인의 비유에 관한 이야기를 담고 있습니다.

어떤 남자가 길을 가다가 강도를 만나, 가진 것을 모두 빼앗겨 실오라기 하나 걸치지 못한 채 죽어가고 있었습니다. 설마 그곳을 지나가는 사람이 한 명도 없지는 않았을 텐데 아무도 그를 구하지 않았습니다. 그러다가 머리와 수염이 희끗희끗한 어떤 노인이, 남자가 쓰러져있는 길가를 지나가게 됩니다. 길을 가던 노인은 남자를 발견하자마자 나귀에 태웁니다. 이 노인은 유대인 제사장도, 레위인도 아닌 사마리아인이었습니다. 당시 사마리아인은 유대인들이 업신여기고 천시하던 계층이었는데도, 자신의 처지를 앞뒤 재지 않고 다른 사람을 도와준 용기가 참 대단합니다. 분명 따스한 마음을 지닌 사람이었으리라 짐작됩니다.

남자의 가슴을 붙잡고 허리를 감은 노인의 두 손과 앞만 바라보는 시선, 꼭 다문 입술에서 도움의 의지가 엿보입니다. 반면 주인을 따라 발걸음을 옮기는 나귀는 지쳐 보이네요. 어린 나귀 한 마리가 성인 남자와 무거운 짐까지 싣고 움직이려니 만만치 않겠지요.

같은 주제의 그림을 다른 느낌으로 표현한 빈센트 반 고흐의 〈선한 사마리아인〉도 있습니다.

19세기의 위대한 낭만주의 화가 들라크루아가 그린 원작을 반 고흐가 자신만의 관점과 기법으로 모사했습니다. 고흐 특유의 색채와 붓질이 살아 숨쉬는 그림이지요. 이 그림에서는 사마리아인을 지나쳐버린 제사장과 레위인의 모습도 보입니다. 반 고흐는 목사인 아버지로부터 신앙적인 영향을 받았습니다. 아버지를 따라 목사가 되려고 했고, 전도사 생활을 하면서 성경 말씀을 열정적으로 전파하려고 노력했으니, 성경에 등장하는 내용이자 그가 존경하던 들라크루아의 그림을 모사하지 않을 수 없었을 테지요.

"저는 지금까지 남다른 행운을 누려왔다는 것을 잘 압니다. 무척 운이 좋았습니다. 하지만 그렇지 않은 사람들도 많습니다. 행운을 타고난 사람들은 그들보다 불운한 사람들을 도와야 합니다"라고 자선사업과 기부를 통해 절망을 희망으로, 슬픔을 기쁨으로 승화시킨 배우 폴 뉴먼Paul Newman은 말했다고 하지요? 보잘것없어 보여도 내가 쥔 행운이 얼마나 값지고 감사한 것인지 주위를 돌아보면 금세 알 수 있습니다. 다른 사람의 아픔보다 자신의 작은 고통에 더 괴로워하고 마음 아파하는 것이 인간의 습성이라지만 저는 압니다. 자신의 고통 때문에 눈물을 흘려본 사람은 다른 사람의 아픔도 보듬어줄 줄 안다는 사실을. 가끔은 눈길을 돌려 주위를 보고, 다른 사람의 아픔을 조금은 나누어 갖자던 어느 성직자의 말처럼 대단한 기부 행위가 아니더라도 따스한 위로 한마디와 몸짓만으로 자그마한 인정의 싹을 틔울 수 있을 겁니다.

빈센트 반 고흐Vincent van Gogh
「선한 사마리아인Der gute Samariter」
1890년, 캔버스에 유채, 70×60㎝, 네덜란드 크뢸러 뮐러 미술관 소장

언제나
내 편

"사람이 개를 가지고 만든 것이
바로 그것, 즉 사랑이다."

콜레트 오드리|Colette Audry

〈늙은 양치기의 상주〉라는 그림에는 개가 한 마리 등장합니다.
가만히 보니 이 개는 누군가의 관에 턱을 고이고 앉아 요지부동
입니다.

　그러나 그대에 대하여 이렇게들 말하리라
　이 개는 밤이나 낮이나 걱정 없이
　침대 옆에서 지키고 있었노라고
　햇빛 한 줄기 들지 않는 어둠 속
　커튼을 내린 방 안에 병들고 황량한
　그 주위를 지키고 있었노라고 (……)

에드윈 랜드시어Edwin Landseer
「늙은 양치기의 상주The Old Shepherd's Chief Mourner」
1837년, 캔버스에 유채, 45.7×61cm, 영국 빅토리아 앤드 앨버트 박물관 소장 어머, 어쩜! 엘리자베스 바렛 브라우닝^{Elizabeth Barrett Browning}의 시 〈나의 개, 플러시에게^{To Flush, My Dog}〉를 그림으로 묘사하면 바로 이런 장면이 나오겠구나 싶었습니다.

주인이 저 세상으로 떠난 줄도 모르고 다시 돌아오리라는 희망을 품은 채 밤이나 낮이나 관을 지키느라 꿈쩍도 않는 개. 햇빛 한 줄기 들지 않는 어둠 속에서 그 어떤 황량함에도 아랑곳하지 않고 관에 붙박이처럼 앉아있으니 제 마음이 다 아플 지경입니다. 이런 충성스런 개와 가족처럼 지냈던 주인이 이 개를 두고 세상을 떠나야만 했을 때 얼마나 괴로웠을까요.

큼직한 개 한 마리가 슬픈 눈을 하고 바닷가에 앉아있습니다. 두 발 위에 누워있는 건 어린 소녀인 것 같지요? 주위를 보니 시커먼 먹구름이 하늘 저편에 덮여있습니다. 구름이 조금씩 걷히고 있는 걸 보면 태풍이 방금 바닷가를 휩쓸고 지나간 모양입니다. 대충 상황이 이해되는군요. 태풍에 휩쓸려 바다에 빠진 소녀를 아무래도 저 개가 구조해낸 것 같습니다. 소녀의 몸과 팔은 축 늘어져있고 핏기가 없어 보입니다. 나들이 옷에 모자까지 쓰고 있으니 아무래도 소풍을 나왔다가 봉변을 당한 모양입니다. 제발 목숨만은 붙어있기를 바랍니다. 충성스런 개는 털이 덮인 두툼한 발로 소녀의 몸을 받치고 있습니다. 거친 바다에 뛰어들어 소녀

에드윈 랜드시어Edwin Landseer
「구조Saved」
1856년, 캔버스에 유채

를 겨우 구해내느라 개도 기운이 다 빠져버린 것 같습니다. 주인을 살려달라고 하늘을 바라보며 애원하는 듯한 개의 눈빛이 애처롭습니다. 고려시대의 《보한집》에 실렸다고 전해지는 '오수의 개' 이야기나 이웃나라 일본의 하치 이야기八チ公物語가 연상되는 그림입니다.

두 그림 모두 영국 화가 에드윈 랜드시어Edwin Henry Landseer, 1802~1873의 작품으로, 그는 천재적인 재능 덕에 열세 살이라는 어린 나이에 왕립 미술학교에 작품 전시를 했고 훗날 기사 작위까지 받았다고 합니다. 그림을 대단히 빨리 그렸다고도 하지요. 성공도, 스케치도, '빛의 속도'였나 봅니다. 일설로는 몇 년씩 늑장을 부릴 때도 있었다네요. 하지만 천재란 고통과 불가분의 관계인가 봅니다. 그렇게 특출한 재능이 있었음에도 젊은 시절부터 신경쇠약에 시달렸고 평생을 우울증 때문에 고통받았다고 하니까요.

저 역시 동물을 좋아하다 보니 랜드시어는 제가 가장 좋아하는 화가 중 한 명이 되었습니다. 또한 동물 이야기도 좋아해서 〈TV 동물농장〉, 〈세상에 나쁜 개는 없다〉라는 프로그램을 즐겨봅니다. 동물, 그중에서도 개 이야기는 듣고 또 들어도 도무지 질리지 않지요. 그중에서도 기억에 남는 가슴 뭉클한 사연 하나를 소개할까 합니다.

개 한 마리가 창가에 앉아 하염없이 밖을 내다보고 있었습니다. 무엇을 응시하는지 고개 한 번 돌리지 않고 망부석처럼 앉아있더군요. 도대체 창밖에 뭐가 있길래 하며 카메라가 여기저기를 비췄지만 밖에는 이렇다 할 것이 없었습니다. 음식을 주던 이웃 아주머니의 이야기를 들어보니 개의 주인이 병에 걸려 요양을 떠났는데 그 후로 창가에 앉아 저렇게 밖을 내다본다는 것이었습니다. 주인이 돌아올지도 모른다는 기대감에 이제나저제나 학수고대한 걸까요, 아니면 주인이 죽었을지도 모르니 모든 것을 체념한 걸까요. 여하튼 그 개에게는 일일이 삼추三秋 같았겠지요. 급기야 검은색 털이 하얗게 세어버렸다고 합니다. 저러다 굶어 죽겠구나 싶었는데 다행스럽게도 그게 끝은 아니었습니다. 주인이 완쾌되어 마침내 집으로 돌아올 수 있었던 겁니다. 창밖만 바라보던 개는 차에서 내리는 주인의 모습을 보자마자 한달음에 달려갔고 주인과 개는 뜨거운 상봉을 했습니다. 놀랍게도 그 후 개의 털은 본래의 검은색으로 돌아왔다고 합니다.

이 개를 보면서 《플랜더스의 개A Dog of Flanders》에 나오는 파트라슈에 열광했던 시절이 생각났습니다. 모르긴 해도 어린 시절 동화나 만화로 누구나 한 번쯤은 접했을 이야기일 겁니다. 벨기에의 플랜더스Flanders 지방에 있는 작은 마을에서 할아버지와 함께 사는 네로는 버림받은 개 파트라슈를 키우게 되고 우유를 팔며 생계를 이어갑니다. 그림에 재능이 뛰어났던 네로는 어려움 속에서도 화가의 꿈을 버리지 않습니다. 할아버지가 점점 쇠약해져 죽은 뒤에도 네로는 파트라슈와 함께 꿋꿋이 살아갑니다. 갖은 역경 속에서도 친구 파트라슈만 있으면 네로는 버텨나갈 수 있었던 겁니다. 그러나 마지막 희망을 품고 열정을 쏟아 부은 그림이 경연대회에서 끝내 입상하지 못하는 불운을 겪습니다. 엎친 데 덮친 격으로 네로는 풍차에 불을 질렀다는 누명까지 쓰고 파트라슈와 함께 마을에서 쫓겨나는 신세가 됩니다. 줄줄이 일어나는 비극을 뒤로 하고 추위와 배고픔 속에 헤매던 어느 겨울날, 네로는 그렇게도 보고 싶어 하던 루벤스^{Sir Peter Paul Rubens}의 그림 〈그리스도의 강림^{The Descent from the Cross}〉을 어느 성당에서 마침내 보게 되지만 소원을 이룬 기쁨도 잠시, 그림 앞에서 파트라슈를 꼭 끌어안고 '행복하게' 죽어갑니다. 대관절 운명은 착하디 착한 네로와 파트라슈에게 어찌 그토록 가혹한 것인지. 그때는 이유도 모른 채 펑펑 울었지만 지금 생각해보니 어떤 이라도 순수한 소년 네로의 불행과 파트라슈가 주인에게 보여준 올곧은 사랑에 눈물 흘리지 않을 수 없었을 겁니다.

"그것이 옳은 것이건 그른 것이건 간에,

인간들 사이에는 순수한 사랑이란 존재하지 않는다.

그러나 개는 그렇지 않다.

개는 사랑하기 위해서, 사랑받기 위해서 가지는 것이다.

그뿐, 다른 것은 없다.

심지어 처음에 다른 목적으로 가졌다 하더라도

끝은 항상 사랑이다.

사람이 개를 가지고 만든 것이 바로 그것, 즉 사랑이다."

3부

화폭에

피어난 자연

나무가
우거진 풍경

*"나무와 얘기하고 그 말에
귀 기울일 줄 아는 사람은 진리를 배운다."*

헤르만 헤세Hermann Hesse

나무가 이루는 울창한 숲은 그 자체로 경이롭습니다. 잎사귀를 남김없이 떨구고, 벗은 몸으로 겨울을 보낸 나무들이 보드라운 새순을 피워 마침내 짙푸른 녹음을 선사하는 5월의 숲은 그중에서도 으뜸입니다. 해와 구름, 꽃, 시냇물, 작은 풀벌레와 각종 새들이 들려주는 숲 속의 합창은 이 세상의 어떤 악기로도 만들어낼 수 없을 겁니다. 숲에서 마시는 공기가 몸속으로 들어오면 어느새 상쾌한 초록물이 들어 세상의 온갖 묵은 때마저 씻어주는 듯합니다.

대학 시절 사간동을 자주 드나들곤 했습니다. 화랑이 늘어선 골목의 고즈넉한 정취며 경복궁 돌담 앞에 늘어선 풍성한 나무들을 보는 것만으로도 좋았으니까요. 눈부신 봄날 청신한 초록빛을 머금은 자태는 그 자체로도 기쁨을 선사해주곤 했습니다. 이양하 선생은 수필 《신록 예찬》에서 나무에게는 "사람의 마음에 참다운 기쁨과 위안을 주는 이상한 힘이 있는 듯하다"고 한 적이 있지요.

예전처럼 사간동을 자주 찾지 못하면 나무와 숲 그림을 뒤적이게 됩니다. 그중에서도 자연을 주제로 그림을 그린 '바르비종파 화가들'의 작품은 숲과 자연에 대한 갈증을 풀어주는 데 적격입니다. 바르비종^{Barbizon}은 파리 퐁텐블로^{Fontainebleau} 인근의 작은 마을로, 19세기 중반 이곳의 풍경에 매료된 여러 풍경화가가 그림을 그리며 바르비종파를 형성했다고 합니다. 대표적인 화가로는 루소를 포함해 밀레, 장 바티스트 카미유 코로^{Jean Baptiste Camille Corot}, 쥘 뒤프레^{Jules Dupré}, 콩스탕 트루아용^{Constant Troyon}, 샤를 프랑수아 도비니^{Charles François Daubigny} 등이 있습니다. 바르비종의 화가들은 숲과 나무들, 드넓은 초원 등 자연의 모습을 있는 그대로 면밀히 관찰했는데 그중에서도 테오도르 루소^{Pierre Etienne Théodore Rousseau, 1812~1867}는 '나무 화가'로 부르고 싶을 정도로 나무를 많이 그렸습니다. 과연 "수목들의 속삭임을 들었다"는 화가답습니다.

〈아프르몽의 떡갈나무〉는 다소 거리를 두고 멀찌감치 물러서서 바라본 풍경을 담은 그림으로, 그의 나무 사랑이 담뿍 느껴집니

테오도르 루소Théodore Rousseau
「아프르몽의 떡갈나무Groupe de chênes, Apremont(forêt de Fontainebleau)」
1850~1852년, 캔버스에 유채, 63.5×99.㎝, 프랑스 루브르 박물관 소장

다. 사람과 동물들에게 풍요롭고 넉넉한 그늘을 만들어주는 든든한 나무에 비해 인간의 모습은 눈에 띄지 않을 정도로 왜소합니다. 자연의 위대함 속에서 인간은 한낱 보잘것없는 존재일지도 모릅니다. 한편 뜨거운 햇살을 피해 나무 그늘 아래서 풀을 뜯는 소들의 모습은 한가롭기 그지없습니다. 이렇게 인간과 동물, 자연이 하나가 되어 어우러지는 풍경은 참 평화롭습니다.

루소가 나무를 사랑하지 않았다면 이토록 아름다운 풍경화가 나올 수 없었겠지요. 그의 그림에서는 나무와 자연에 대한 무한한 사랑을 엿볼 수 있습니다.

숲으로의 초대

테오도르 루소
Théodore Rousseau

이 우거진 숲에 한 발짝 들어서면 인간사의 시름과 잡념이 단번에
사라질 것만 같습니다. 안개 낀 아침 공기 속에서 맑은 물로 목을 축
이는 소떼들의 모습은 그저 한가롭기만 합니다.

「퐁텐블로 숲의 아침The Forest of Fontainebleau: Morning」
1849~1851년, 캔버스에 유채, 97.5×134㎝, 영국 월래스 컬렉션 소장

구스타브 클림트
Gustav Klimt

화가의 이름을 가리고 이 그림을 보셨다면 여러분은 누구의 그림이
라고 하시겠어요? 처음 이 그림을 발견했을 때 저는 깜짝 놀랐습니다.

「캄머 성 공원의 산책로Allee im Park von Schloss Kammer」
1912년, 캔버스에 유채, 110×110cm, 오스트리아 벨베데레 오스트리아 갤러리 소장이게 클림트^{Gustav Klimt, 1862~1918}의 그림이라니, 뭔가 잘못 되었겠지 싶었거든요.

혹시 저와 같은 생각이셨다면, 다시 한 번 알려드립니다. 클림트의 그림이 맞습니다. 사실 저는 반 고흐를 떠올렸거든요. 우리에게 익숙한 붓 터치 아닌가요? 클림트는 기분 전환이나 묵상을 위해 풍경화를 그렸는데 인기가 많았다고 합니다.

베토벤^{Ludwig van Beethoven}이 산책하기 위해 자주 거닐었다던 하일리겐슈타트^{Heiligenstadt}의 산책로에 있던 나무들이 이런 모습이었을까요? 《교향곡 6번 '전원'^{Symphony No. 6 in F major, Op. 68 'Pastorale'}》을 완성하고 나서 베토벤은 이런 말을 했다고 합니다.

"전능하신 신이여! 숲 속에 있으면 나는 행복합니다. 거기에서는 모든 나무들이 당신의 말씀을 이야기합니다. 신이여, 아아, 아름다워라!"

앙리 루소
Henri Rousseau

하늘로 웅장하게 뻗은 나무들 사이에 극도로 왜소한 사람들이 있습니다. 신은 숲을 통해 인간에게 말한다고 했던가요. 왜소한 존재인 인간도 숲에 가면 신을 만날 수 있을 겁니다.

「생클루 공원의 가로수길The Avenue in the Park at Saint Cloud」
1907~1908년, 캔버스에 유채, 46×38cm, 독일 슈테델 미술관 소장

이반 시시킨
Ivan Shishkin

러시아의 풍경화를 이야기할 때 이반 시시킨Ivan Ivanovich Shishkin, 1832~
1898을 빼놓을 수 없습니다. 그는 생명력 넘치는 자연 그대로의 아름
답고 장엄한 숲을 그려 유명해졌는데, 한마디로 '숲의 화가'라 할 수
있습니다. 비가 오거나 어두운 숲이 아니라 햇빛이 드는 밝고 산뜻한
숲의 풍경이 작품의 주를 이룹니다.

「자작나무 숲에서In The Birch Tree Forest」
1883년, 캔버스에 유채

기쁜
열대

"예술이 예술인 까닭은 무엇인가요?
그건 바로 독창성입니다. 그 외에는 있을 수 없어요.
그 외의 것은 모두 부록에 불과합니다.
군더더기에 불과합니다.
요컨대 있어도 좋고 없어도 좋은,
아무래도 좋은 것에 불과합니다. 아시겠습니까?
불필요한 것, 쓸데없는 군더더기를
하나하나 정성껏 제거해가는 겁니다.
그러면 언젠가는 진실이 나타나겠지요."

에릭 사티 Éric Alfred Leslie Satie

문화인류학자인 클로드 레비 스트로스 Claude Lévi-Strauss 의 저서
《슬픈 열대 Tristes Tropiques》의 낭만적이고 신비로운 제목에 이끌려
학창 시절 무작정 도서관으로 달려갔던 적이 있습니다. '슬픈 열

대'라니, 왠지 근사하지 않나요? 제목을 보자마자 멋진 소설을 기대했습니다.

도시 생활에 넌더리가 난 문명의 남자 Y는 원시 열대림으로 훌쩍 여행을 떠납니다. 그는 《달과 6펜스 The Moon and Sixpence》의 찰스 스트릭랜드처럼 지독하게 이기적이면서 예술을 갈망하는 그런 타입은 아니고 오직 사랑만이 세상을 구원할 수 있다고 믿는 순정파입니다. 6펜스가 아니라 달을 좇는 사나이지요. 휴식처럼 평온한 삶을 꿈꾸는 Y는 열대림에 도착한 순간 섬광이 번쩍! 하는 경험을 합니다. 울창한 밀림 한가운데서 길을 잃어버렸지만 마침 그곳을 지나던 신비한 원주민 여인과 만나게 된 것이었습니다. 만난 순간 두 사람은 운명적 사랑에 빠지게 되고, Y는 문명 세계에 두고 온 모든 것들을 깡그리 잊은 채 여인과 장래를 약속합니다. 원주민 족장은 한사코 반대를 하지만 두 사람의 진실한 사랑에 결국 결혼을 승낙하게 됩니다. Y와 여인은 세상이 마치 두 사람만의 것인 양 사랑으로 충만하니 더 바랄 것이 없습니다.

그러나 행복한 시간도 찰나에 불과했습니다. Y가 자신이 전부를 걸어도 좋다고 할 만큼 열정을 바친 열대림은 그의 목숨을 앗아가고 맙니다. 안타까운 최후를 맞이한 Y의 죽음 앞에서 여인은 눈물조차 흘릴 기력이 없지만 그와의 아름다운 추억을 되새기며 살아가리라 다짐합니다.

뭐, 이런 식의 이야기입니다. 진부한가요? 사실 저도 멋쩍어집니다만, 그때는 책의 제목만 보고 열대림의 서글픈 사랑 이야기를 제멋대로 상상했던 겁니다. 넓은 아량으로 이해해주시길…….

막상 책을 펼쳐보니《슬픈 열대》는 소설이 아니었습니다. 소설은커녕 베고 자도 될 만큼 두껍고 방대한 보고서였지요. 이만저만 실망한 게 아니었습니다. 에라, 그냥 집으로 돌아갈까 하는 마음이 불쑥 고개를 들었지만 다른 일 제쳐두고 한달음에 달려간 노력이 아까워서라도 그럴 수는 없었습니다. 그때 마침 이 말이 생각나더군요. '밑져야 본전!' 뭔가 소득이 있겠지 싶어 책을 한번 열어보기로 했습니다.

카두베오족, 보로로족, 남비콰라족, 투피 카와이브족 등 난생처음 보는 부족들의 이야기가 빼곡히 적혀있었습니다. 그런데 오히려 책장이 술술 넘어가는 것이 희한했습니다. 어찌나 꼼꼼하고 상세하게 기록되어있던지요. 수록된 사진만 들춰봐도 흥미진진했습니다.

레비 스트로스는《슬픈 열대》를 통해 문명과 비문명의 울타리를 허물었다고 합니다. 모든 인간은 주어진 환경에서 나름의 문화를 발전시켰기 때문에 우수한 민족도 열등한 민족도 없다는 그의 통찰을 엿보며 제 섣부른 판단을 반성했습니다. 서양 문명이 황폐하게 만든 '슬픈 열대'. 이런 멋들어진 제목을 붙인 저자의 감삭에 존경심이 우러났습니다. 그것이 저와 레비 스트로스, 그리고 문화인류학과의 첫 만남이었습니다.

마침 레비 스트로스의 '슬픈 열대'를 '기쁜 열대'로 탈바꿈시킨 듯한 화가를 만났으니 바로 미술 교과서에서 알게 된 프랑스의 화가 앙리 루소^{Henri Rousseau, 1844~1910}입니다. 앙리 루소의 그림 〈뱀을 부리는 여인〉에는 레비 스트로스가 지적한 서구 문명의 파괴도, 그가 느꼈던 비통함도 없는 기쁜 열대만이 있습니다.

앙리 루소는 나이브 아트^{naive art}, 즉 소박파素朴派의 대표적 화가로, 뛰어난 예술적 재능 덕에 정규적인 미술 교육을 받지 않고 스스로 화가의 길을 걸었다고 합니다. 소박파라는 말에 걸맞게 그의 그림들은 하나같이 단순하고 소박합니다. 그의 삶도 그가 그린 그림처럼 소박했다고 하네요. 세관원이었던 루소는 직장을 다니며 여가 시간에 꾸준히 그림을 그렸다고 해서 '일요 화가'라고도 불린다지요. '일요 화가'라니, 이 호칭은 그의 그림에 묻어나는 예술적 열정의 무게에 비하면 너무 가볍습니다. 피에르 보나르^{Pierre Bonnard}, 에두아르 뷔야르^{Jean-Édouard Vuillard}와 함께 19세기 말 나비파* 중 한 사람인 스위스 화가 펠릭스 발로통^{Fellix Édouard Vallotton}은 루소의 작

....

* **나비파(Les Nabis)** 19세기 말 파리에서 생겨난 젊은 반인상주의 화가들의 모임. 세뤼지에(Sérusier, P.)를 중심으로 일어났으며 고갱의 작품 경향을 새로운 계시로 받아들여 평면적·장식적 구성을 중시하였다.

앙리 루소Henri Rousseau
「뱀을 부리는 여인La Charmeuse de serpents」
1907년, 캔버스에 유채, 167×189.5㎝, 프랑스 오르세 미술관 소장품을 심지어 "회화의 알파와 오메가"로 칭송했을 정도라고 하니까요. 루소의 열정에 무한한 박수를 보내고 싶습니다.

정글 한 번 가본 적 없다던 루소는 뛰어난 상상력에 기대어 문명의 파괴력이 아직 손을 뻗지 못한 미지의 세계에 대한 자신의 동경과 예찬을 꿈결처럼 표현했습니다. 단순한 구성과 강렬하고도 선명한 색채, 몽환적이면서도 신비로운 분위기는 우리가 '비문명'이라 부르는 사회에 대한 호기심과 동경을 불러일으킵니다.

자연을 그릴 때 가장 행복했던 화가 루소. 사실 루소의 그림을 처음 봤을 때는 평면적인 데다가 원근법이나 비례도 맞지 않고 어딘가 기괴한 느낌이 들어 조금 과장해서 말하면, 제 어린 조카라도 그릴 수 있을 정도의 기술이라고 생각했습니다. 그러나 그의 강점은 기술적인 완성도에 있는 것이 아니라 풍부한 상상력과 아무도 흉내 낼 수 없는 독창성에 있다는 것을 나중에야 깨닫게 되었습니다. 요즘 다시 본, 루소의 단순하면서도 순수한 그림은 지나칠 정도로 복잡한 우리네 삶에 대한 명쾌한 해답이 아닐까 싶습니다.

원시의 숨결

앙리 루소
Henri Rousseau

고요하고 깊은 밀림 속. 사람보다 몇 배나 큰 식물들 사이에 원주민
과 표범이 있습니다. 도망치려는 원주민은 오늘 표범의 먹잇감입니다.
상당히 무시무시한 소재인데도 루소의 그림 속에서는 마냥 신비롭기만 합니다. 일핏 월츠를 추는 장면처럼 보이기도 합니다. 인간과 맹수, 자연이 어우러진 이곳이야말로 낙원이 아닐까요.

　가지마다 주렁주렁 열려있는 주황색 열대 과일이 무척이나 먹음직스럽습니다. 갈색 원숭이들이 입을 모아 열심히 과일을 먹는 모습이 흡사 풍선껌을 부는 듯 재미납니다.

「오렌지 숲의 원숭이Apes in the Orange Grove」
1910년경, 캔버스에 유채, 111×162.5㎝, 개인 소장

밀림의 한가운데에 뜨거운 태양이 내리쪼입니다. 작품마다 다양한
형상을 한 식물들은 이 그림에서도 역시 기괴합니다. 울창한 밀림에
서 고릴라가 창을 든 원주민을 공격하고 원주민은 있는 힘껏 저항하
고 있습니다. 무성하게 뻗은 식물들 틈에서 벌어진 고릴라와 원주민
의 싸움은 원시의 모습 그대로입니다.

꽃으로
물들다

"꽃송이마다 향로인 듯 향기 흩뜨리고……."

샤를 보들레르 Charles Pierre Baudelaire

온통 파란색입니다. 미국의 인상주의 화가 프레데릭 칼 프리스크 Frederick Carl Frieseke, 1874~1939의 그림 〈벚꽃〉입니다. 제 시선을 한눈에 사로잡은 그림이자 제게 파란색의 느낌을 새롭게 일깨워준 그림이지요. 파란색의 향연의 중심에는 눈이 부시도록 청신하게 빛나는 여인의 몸이 있습니다. '빛에 잠긴 꽃, 빛에 잠긴 소녀, 빛에 잠긴 누드'에 대한 화가의 사랑이 느껴집니다. 빛을 이렇게 표현할 수도 있군요.

이 그림은 프리스크가 지베르니 Giverny에서 머물던 시절에 그린 그림입니다. 지베르니는 인상주의의 대가인 모네가 〈수련 Les Nymphéas〉 연작을 남겨 유명해진 곳이지요. 같은 동네에 살면 친구가 되었을 법도 한데, 프리스크는 모네의 옆집에 살았어도 친하지

는 않았다고 합니다. 대신 프리스크는 또 한 명의 인상주의의 대가인 르누아르의 영향을 받았다는 말을 남겼다지요. 프리스크의 다른 그림도 소개합니다.

파란빛을 머금은 정원입니다. 여인은 파라솔을 하나 쳐놓고 그 아래 앉아 뭔가를 읽고 있는 것 같습니다. 편안해 보이는 자세와는 반대로 어딘지 모르게 착잡해 보입니다. 한 손을 이마에 얹고 있거든요. 그래도 저렇게 근사한 정원에 앉아있으면 금방 해결책이 생기겠지요.

저런 정원 하나 있으면 얼마나 좋을까요. 아침에 창문을 열면 꽃향기가 집안 가득 들어오고 낮에는 파라솔 하나 치고 앉아 책도 읽고 음악도 듣고 차도 마시고요. 서울살이, 가뜩이나 사람 많고 땅도 좁은데 정원 딸린 집이 웬 말인가 싶은 분도 있겠지만 삭막해져 가는 도시일수록 심호흡을 할 수 있는 공간이 필요합니다. 요즘엔 초고층 빌딩의 옥상에도 미니 정원을 만드는 추세니까요. 아차, 그림 속 여인의 심정은 헤아리지도 못하고 정원 타령만 늘어놓았나 봅니다.

'그래도 꽃 하면 뭐니뭐니 해도 빨간색이지' 싶으신가요?

프레더릭 칼 프리스크Frederick Carl Frieseke
「정원에 앉아 있는 여인Woman Seated in a Garden」
1914년, 캔버스에 유채, 66×81.3㎝, 미국 헌팅턴 도서관 소장

클로드 모네Claude Monet
「베퇴유 부근의 개양귀비꽃Poppies near Vétheuil」
1879년경, 캔버스에 유채, 73×92㎝, 스위스 에밀 뷔를르 재단 박물관 소장

들판에 점점이 뿌려진 붉은 꽃 천지, 정말 장관입니다. 도대체 모네Claude Monet, 1840~1926는 팔레트에 무슨 색을 섞었길래 저렇게 화려하고 황홀한 색채를 창조해낼 수 있었던 걸까요. 붉은 꽃바다에 몸을 담그고 있는 네 사람이 부럽습니다. 연대로 추정해보건데, 모네의 부인 카미유, 모네의 자녀들, 그리고 모네를 후원했던 오슈데Ernest Hoschedé의 자녀쯤 되겠지요. 모네는 1878년부터 베퇴유Vétheuil로 거주지를 옮겨 그림을 그렸습니다. 파리 서북쪽의 베퇴유는 자연 경관이 매우 아름다운 곳이라고 하는데 모네가 그곳에서 많은 작품을 남긴 것만 봐도 충분히 짐작됩니다.

저는 이 그림을 볼 때면 예전에 일어났던 사건이 기억납니다. 스위스 취리히에 있는 박물관에 무장 강도들이 침입해 유명 화가들의 작품을 훔쳐갔다는 보도가 있었지요. 이곳은 인상파 화가의 작품 등 200점이 넘는 작품이 소장되어있는 박물관으로 당시 훔쳐간 네 점의 작품 중에 이 그림도 들어있었다는 겁니다. 미술품의 도난은 끊이지 않는데 제자리로 돌아오는 경우는 극히 적다고 하네요. 도난 사건이 일어날 때마다 미술품이 지닌 예술성보다는 물질적인 가치로 값을 매기려는 세태를 반영하는 것 같아 안타깝습니다.

그건 그렇고 여러분의 마음을 사로잡은 꽃 그림은 어떤 것이 있나요?

낙원을
찾아서

"예술가의 삶은 기나긴 고난의 길이다!
우리를 살게 만드는 것도 바로 그런 것이리라.
정열은 생명의 원천이고,
더 이상 정열이 솟아나지 않을 때
우리는 죽게 될 것이다.
가시덤불이 가득한 길로 떠나자.
그 길은 야생의 시를 간직하고 있다."

폴 고갱Paul Gauguin

'예술이냐 삶이냐, 이것이 문제로다.' 예술과 삶 사이에서 세상의 모든 예술가들은 늘 이런 고민을 해오고 있는 것 같습니다. 우리가 위대하다는 수식어를 붙인 화가들 중 대부분은 예술을 선택했기에 살아생전 힘겨운 삶을 살다간 사람이 많습니다. 폴 고갱Eugène Henri Paul Gauguin, 1848~1903도 그중 한 명이었지요. 그는 원래 이곳저곳을 여행하던 바다의 사나이였습니다. 선원 생활을 그만 두고 나서 증권거래소에서 일을 하게 되었는데, 경제적으로 넉넉해지면서 미술품에 관심을 가지다가 직접 그림을 그리기도 했습니다. 그러다 프랑스 주식시장이 붕괴되면서 전업화가의 길로 들어서게 되었던 겁니다.

고갱은 평생 순수하고 원시적인 자연을 갈망했고 낙원을 찾겠다는 열망을 품고 살았습니다. 몸은 파리에 있었지만 마음은 이미 열대의 낙원에 있었습니다. 현실과 이상의 간격이 얼마나 컸을지 짐작되시지요? 결국 순수한 낙원에 대한 동경은 1891년에 그를 타히티^{Tahiti}로 떠밀었습니다. 이상을 택한 거지요. 그러나 타히티에 도착한 그는 기대와는 달리 실망하게 됩니다. 타히티도 이미 순수한 원시의 섬은 아니었거든요. 그럼에도 그는 원주민 세계에서 살아가고자 노력합니다. 그는 타히티의 원주민들과 친구처럼 지내며 그들의 삶에 흡수됩니다. 덕분에 걸작들도 탄생하게 되었습니다.

〈아레아레아〉는 '즐거움'이란 뜻으로 그가 타히티 체류 시절에 남긴 그림 중 하나입니다. 타히티의 원주민 문화를 관찰하고 원시 종교에서 영감을 받아 창작한 것이지요. 그 시절 고갱은 테하마나^{Tehamana}라는 이국적 미모의 어린 원주민 여인을 만났다고 합니다. 문명을 떠나 사랑하는 여인과 함께 살고 아이도 낳고 행복한

폴 고갱Paul Gauguin
「아레아레아Arearea」
1892년, 캔버스에 유채, 74.5×93.5cm, 프랑스 오르세 미술관 소장

시간을 보내면서 마음의 안정을 찾은 이 시기에 이국적인 여인의 아름다움을 자유롭게 그렸습니다.

고갱은 〈아레아레아〉를 통해 원시의 섬에서 신의 보호 아래 자연과 더불어 사는 인간을 표현했다고 합니다. 파리로 돌아와 타히티 시절의 작품을 전시했을 때 성공을 거두지 못했습니다만 고갱은 이 작품을 가장 뛰어난 작품 중의 하나로 간주했다고 합니다.

고갱의 예술에 대해 가장 깊이 이해했던 사람은 아마 반 고흐가 아니었을까 합니다. 반 고흐는 동생 테오[Theo]에게 보낸 편지에서 "고갱은 아주 강하고 창의력이 뛰어난 친구"라는 말을 남긴 적도 있거든요. 대중은 고갱을 외면했지만 반 고흐는 그의 본질을 꿰뚫었던 것 같습니다. 또한 고갱의 낙원 찾기에 대한 갈망도 이해했으리라는 생각이 듭니다. 고갱이나 반 고흐나 그들이 처해있는 현실과 예술이라는 이상의 줄타기에서 '가시밭길'인 예술을 택한 화가들이니까요. 물론 성격도, 예술적으로 추구하는 바도 달라 두 사람은 결별했지만 말입니다.

고갱의 삶을 진지하게 되짚어보기 전까지 제가 본 고갱은 자신의 이상만을 위해 가정을 버린 무책임한 남편이자 아버지였습니다. 고갱에게는 먼 곳으로 떠나고 싶은 욕구가 늘 도사리고 있었고 가는 곳마다 자식을 낳고 떠나기를 반복했거든요. 그러나 많은 시간이 흐른 지금, 고갱의 그림을 다시 보면서 순수한 낙원을 좇아 방황한 그의 열정을 조금은 이해할 수 있을 것 같습니다. 그에게는 낙원이야말로 예술 세계를 자유롭게 펼칠 수 있는 평생의 이상이자 '아레아레아'였을 테니까요.

새해를
여는 아침

"우리는 새 책을 펼친다.
그 책은 텅 비어있다.
우리는 그 안에 우리들의 글을 적어넣는다.
책의 제목은 기회이고
그 책의 첫 장은 새해 첫 날이다."

이디스 러브조이 피어스Edith Lovejoy Pierce

새해 첫날, 기분이 좋습니다. 지난해의 성취감 때문일까요, 아니면 새해를 맞이하는 각오 때문일까요. 새해를 알리는 보신각의 종소리를 들으며 빌었던 소원이 올해는 전부 이루어질 것 같은 마음에 조금은 들떠있기 때문인지도 모르겠습니다. 이렇게 기분 좋은 새해 첫날을 기념할 만한 그림이 뭐 없을까 하고 화집을 들추다가 클로드 모네의 〈까치〉를 발견했습니다. 모네가 프랑스의 에트르타 근처에 살 때 그린 것이라는 설명을 보았는데, 언뜻 우

클로드 모네Claude Monet
「까치La pie」
1868~1869년, 캔버스에 유채, 89×130㎝, 프랑스 오르세 미술관 소장

리네 어느 시골 마을의 풍경 같습니다. 하얀 눈으로 덮인 세상이 자그마한 까치 한 마리 덕에 활기를 띱니다. 까치는 마을에 무슨 좋은 소식이라도 전해주려는 모양이지요.

하지만 설경이라고 해서 다 같은 건 아닙니다. 예를 들면 미국의 인상주의 화가인 차일드 해섬Frederick Childe Hassam, 1859~1935이 그린 〈세느 강을 따라〉를 한번 보세요.

세느 강변을 따라 마차 한 대가 눈길을 달리고 있습니다. 하얗게 물든 세상은 보기에는 아름다워도 일하는 사람에게는 고역이라는 생각이 듭니다. 주인인 마부의 명을 따라 험한 눈길을 달리는 말에게도 그건 마찬가지겠지요. 손님을 부지런히 실어 날라야 하니까요. 감상에 빠질 틈이 없습니다. 돌담길을 따라 종종걸음으로 걷고 있는 여인들에게도 눈길이 그리 달갑지만은 않아 보입니다. 춥고 미끄러워도 땟거리를 위해 장을 봐와야 했을지 모르지요.

순백의 눈으로 뒤덮인 겨울 풍경은 수 세기에 걸쳐 유럽 회화에 자주 등장했습니다. 모네를 비롯해 피사로, 시슬레, 르누아르, 세잔 등 다른 인상주의 화가들도 눈을 주제로 많은 그림을 그렸는데, 아마도 빛에 반사되는 눈의 신비한 효과에 매료되었던 것 같습니다.

차일드 해섬Frederick Childe Hassam
「세느 강을 따라Along the Seine, Winter」
1887년, 목판에 유채, 20.3×27.9㎝, 미국 댈러스 아트 박물관 소장 그런데 〈까치〉처럼 감성적인 설경으로 우리의 보는 눈을 일깨우는 모네도 동료 화가들과 함께 1874년에 개최한 제1회 인상파 전람회에서 혹평을 받았다는 사실을 아시는지요? 혁신가들은 처음부터 환영받는 경우는 매우 드물다. 이런 말을 하고 싶으시다면 저도 동감입니다. 그래도 언젠가는 인정을 받기 마련이라는 말도 덧붙여야겠습니다. 회화의 역사에 획을 그은 모네는 오늘날 인상주의의 창시자 혹은 대가로 기억되고 있기 때문이지요.

모네가 지인들에게 보낸 편지 중에 이런 대목이 눈에 띕니다.

"제가 아는 거라곤 자연 현장에서 느낀 것을 표현하기 위해 최선을 다한다는 것뿐입니다."

모네는 자연과 빛의 효과를 좀 더 정확히 관찰하기 위해 야외에서 그림을 즐겨 그렸다고 합니다. 그런 열정과 노력이 있었기에 눈이 부시도록 아름다운 설경을 완성할 수 있었을 겁니다. 모네는 새로운 일 년이 돌아올 때마다 과연 어떤 마음가짐으로 새해를 맞이했을지 문득 궁금해집니다. 저도 새해를 맞이하는 각오와 소망을 다시 한 번 마음에 되새깁니다. 그리고 첫날의 각오가 일 년 내내 퇴색하지 않도록 하루하루 최선을 다해야겠습니다.

그림에

스며든 음악

열정
소나타

여인의 하얀 피부와 드레스가 피아노의 빛깔 때문에 더욱 도드
라져 보입니다. 한 손으로는 겨우 악보를 쥐고 있지만 고개를 떨
군 채 힘없이 아래로 향한 시선에서 쓸쓸함을 넘어 절망이 읽힙
니다. 하지만 꼭 다문 입술은 여기서 끝낼 수 없다는, 결코 주저
앉지 않겠다는 결연함을 말해주는 듯합니다. 환하게 빛나는 드레
스는 아직 꺼지지 않은 희망을 상징할 수도 있겠지요. '이러다 피
아노 연주를 영영 못하게 되는 건 아닐까? 아냐, 아직 포기하기는
일러. 계속할 수 있을 거야.'

이 작품은 미국을 대표하는 인상주의 화가 차일드 해섬의 〈소
나타〉입니다. 여인의 눈부신 하얀 피부와 드레스에 온 시선이 집

차일드 해섬Frederick Childe Hassam
「소나타The Sonata」
1893년, 캔버스에 유채, 81.4×81.4cm, 미국 넬슨-앳킨스 미술관 소장

중되지요. 19세기의 여느 화가들이 그랬듯, 차일드 해섬도 여인의 이미지를 통해 순결하고 고귀한 예술을 상징적으로 표현한 것이 아닐까요. 알고 보니 〈열정 소나타^{Piano Sonata No. 23 in F minor, Op. 57 'Appassionata'}〉의 연주를 방금 마친 여인의 모습을 담았다고 합니다.

저는 이 여인의 모습에서 피아니스트 클라라 하스킬^{Clara Haskil}을 보았습니다. 대부분의 사진에서 등이 굽고 헝클어진 머리칼을 한 노파의 모습으로 등장하는 하스킬은 세포 경화증에 걸려 곱사등이가 되기 전까지는 그림 속 여인처럼 곱고 아리따웠습니다.

루마니아 태생인 하스킬은 어린 시절 한번 들은 모차르트 피아노 소나타를 악보 없이 연주하는 신동이었습니다. 어린 나이에 파리 음악원에 입학해 최우등으로 졸업할 정도로 앞길이 창창한 소녀였지요. 하지만 꽃다운 나이인 열여덟 살 때 세포 경화증에 걸려 인생의 고비를 맞이합니다. 세포 경화증은 뼈와 근육이 붙거나 세포와 세포가 붙어버리는 희귀 불치병이라고 합니다. 그녀의 병은 날이 갈수록 악화되어 척추가 뒤틀리고 어깨뼈는 주저앉았습니다. 천부적인 재능을 가진 그녀였으나 곱사등이가 된 몸으로는 연주를 제대로 할 수 없었고 급기야는 대중들도 조금씩 그녀를 잊어갔습니다.

그러나 그녀는 절망의 순간에도 희망의 끈을 놓지 않았고 오히려 음악에 대한 열정을 불태웠습니다. 연주 활동을 재개하게 되었던 겁니다. 이제 고통의 시간이 끝나나 보다 싶었는데 이번에는 제2차 세계대전이 발발해 또다시 모진 세월을 보내게 되었습니다. 쉴 새 없이 피신해야 하는 유태인 신세였으니 좌불안석, 단 하루도 마음을 놓지 못했을 터인데 그 와중에 뇌졸증이 발병해 죽음의 문턱까지 다다랐습니다. 천신만고 끝에 목숨은 건졌지만 얼마나 고통스러웠을까요. 연주를 할 수 없는 상황이 그녀를 더 괴롭게 했을 겁니다.

전쟁이 끝난 후 다행스럽게도 연주 활동을 재개할 수 있었고 세계적인 음악가들과 음악회를 여는 등 다시 한 번 전성기를 맞이했습니다. 그런 시간이 오랫동안 계속되었다면 좋으련만. 하스킬은 공연을 앞두고 도착한 브뤼셀 역에서 현기증으로 계단에서 굴러 떨어지고 말았습니다. 그리고는 영영 우리의 곁을 떠나버렸지요. 그렇게나 모진 삶의 풍파를 겪었음에도 그녀는 이렇게 말했다고 합니다.

"나는 행운아였습니다. 항상 벼랑의 모서리에 서있었어요. 그러나 머리카락 한 올 차이로 인해 한 번도 벼랑 속으로 굴러 떨어지지는 않았습니다. 피할 수 있었다는 것, 그것은 신의 도우심이었습니다."

역경 속에서 늘 고독과 두려움이 그녀를 따라다녔지만 그녀에게는 한줄기 희망인 피아노가 있었습니다. 철저한 외로움 속에서도 불굴의 의지로 아슬아슬한 삶의 고비를 넘기며 예술혼과 열정을 불태운 숭고함에 마음이 숙연해집니다. 생을 마감할 때까지 구부정한 몸으로 피아노를 친 하스킬. 불굴의 음악성자 하스킬이 남긴 숭고한 메시지는 그녀가 남긴 맑고 영롱한 피아노의 선율을 타고 오늘도 흐릅니다.

불멸의
초상

러시아의 작곡가에 대해 이야기 할 때 차이코프스키Pyotr Ilyich Tchaikovsky를 빼놓을 수 없을 겁니다. 혹은 19세기 낭만주의를 대표하는 작곡가 중 한 사람이라고 말해도 무방하겠지요. 하지만 차이코프스키라는 한 인간에 대해 이야기하다 보면 좋아하는 사람과 그렇지 않은 사람이 확실하게 나뉘어 있더군요. 우울증, 자기도피, 현실도피적인 성격, 동성애 등 사생활과 관련된 부분 때문에 싫어하는 사람들도 있지만 그의 음악만을 놓고 본다면 위대한 작곡가임에 틀림없다고 생각됩니다.

차이코프스키는 원래 자기에 대한 자신이 없는 사람이었다고 합니다. 게다가 어머니에 대한 집착이 강해서 활동적인 어머니 대

니콜라이 쿠즈네초프Nikolai Kuznetsov
「작곡가 차이코프스키의 초상Portrait of the composer Pyotr Ilyich Tchaikovsky」
1893년, 캔버스에 유채, 96×74㎝, 러시아 국립 트레티야코프 미술관 소장

신 프랑스인 여자 가정교사에게 어머니의 사랑을 구하려고 했다거나, 어머니와 떨어지지 않으려고 옷자락과 마차에 필사적으로 매달렸다는 일화는 그의 이런 성격을 단적으로 보여줍니다. 청중에 대한 공포심을 극복해야 한다고 되뇌이던 그가 "지금 살아있는 모든 음악가 중에는 내가 머리를 수그릴 만한 인물은 아무도 없다"고 자신만만하게 생각했던 건 한참 뒤의 일이었다고 하지요.

사실 제가 차이코프스키를 좋아하게 된 건 〈소중했던 시절의 추억 Souvenir d'un lieu cher, Op. 42〉이라는 곡 덕분입니다. 〈소중했던 시절의 추억〉은 애상적인 멜로디에 아련한 향수와 그리움의 빛깔을 입힌 곡입니다. 번번히 국외 여행을 통해 해방감을 찾고자 했던 차이코프스키였지만, 비록 멀리 떨어져있을지라도 마음의 안식처로 여겼던 가족 혹은 어머니를 회상하며 곡을 쓰지 않았을까 싶습니다. 그 명성에 걸맞게 명곡도 많지만 저는 규모가 큰 교향곡이나 발레 음악보다는 소품집 음반을 고르게 됩니다.

언제나 음악으로만 만나던 차이코프스키를 운 좋게도 어느 전시회에서 보게 되었습니다. 니콜라이 쿠즈네초프 Nikolai Dmitrievich Kuznetsov, 1850~1929 추정라는 러시아 화가가 그린 작품인데 제목은 〈작곡가 차이코프스키의 초상〉입니다. 그림을 보자마자 우리의 시선은 차이코프스키의 눈빛과 살며시 손을 얹은 새하얀 악보로 집중됩니다. 온통 검정으로 채색된 배경은 차이코프스키의 얼굴을 효과적으로 부각시킬 뿐 아니라 음악가와 악보의 떼려야 뗄 수 없는 관계도 보여주려 하는 듯합니다. 이 그림을 봤을 때 차이코프스키의 강렬한 눈빛에 마음을 빼앗겼다가 단호함과 비장한 분위기에 감동하고 우수의 그림자가 드리워져있는 듯한 표정에 쉽사리 발걸음을 옮길 수 없었습니다.

쿠즈네초프와 차이코프스키는 동시대의 인물이었습니다. 차이코프스키는 이 그림을 보고 동생 모데스트Modest에게 "자신을 그린 굉장한 초상화라"라고 말했다네요. 쿠즈네초프는 차이코프스키에게 이 초상화를 선물로 주려 했지만 차이코프스키는 받지 않았다고 합니다. 그림이 마음에 들지 않아서 그런 것은 물론 아닙니다. 몇 가지 이유가 있었지만 이 멋진 초상화를 선물로 받아버리면 화가가 그림을 팔 기회가 없어지기 때문이었다는 것이 가장 큰 이유였습니다. 대신 풍경화 스케치를 받았는데, 이 스케치는 현재 모스크바의 근교 클린Klin에 있는 차이코프스키 박물관에 걸려 있다고 합니다. 차이코프스키 배려심을 읽을 수 있는 대목입니다.

초상화는 단 한 장의 그림에 주인공의 생김새와 성격, 인상, 특성을 모두 담아내야 하기에 그리기가 쉽지 않습니다. 하지만 잊고 싶지 않은 사람 혹은 언제나 기억하고 싶은 사람의 얼굴을 간직하는 데 초상화처럼 좋은 방법은 없을 겁니다. 카메라로 순간을 포착할 수도 있지만 내게 소중한 사람인 만큼 생김새, 표정, 특징을 세심히 주목하며 온 정성을 다해 화폭에 담을 때 그림 속 그 사람은 이미 영원한 존재가 됩니다.

음악가의 초상

「피아노 앞에 앉은 슈베르트Schubert at the piano」
1899년, 캔버스에 유채, 150×200㎝, 1945년 임멘도르프 성 화재로 인해 소실

구스타브 클림트
Gustav Klimt

세련되고 고상한 분위기의 그림입니다. 피아노 위에서 타오르는 촛
불 때문인지 숭고한 느낌도 듭니다. 슈베르트의 생애는 저 촛불만큼
이나 짧았지만 뜨거웠습니다. 뛰어난 재능을 가졌지만 살아생전에는
인정받지 못하고 가난에 허덕인 작곡가, 죽을 때까지 직장 한번 가져
보지 못하고 사창가를 드나들다 초라하게 인생을 마감한 남자로 기
억하는 분도 계시겠지요.

하지만 가곡, 기악곡, 종교음악, 합창음악 등 그가 남긴 주옥 같은
작품들에 일단 빠져 보시면 명불허전, 생각은 180도로 바뀌실 겁니
다. 그중에서도 슈베르트의 피아노 소나타가 듣고 싶으면 저는 피아니
스트 알프레드 브렌델^{Alfred Brendel}의 연주를 선택하곤 합니다. 많은 책
을 읽고 연구하는 것으로 잘 알려진 학구적인 브렌델이 슈베르트를
연주하면서 내면 세계로 깊이 침잠해 머리를 숙일 때 고독한 '구도자'
의 모습을 봅니다.

여태까지 봐왔던 연약한 이미지의 쇼팽 ^{Frédéric François Chopin}을 단번
에 잊을 만한 그림입니다. 예민하고 섬세한 느낌은 여전하지만 〈영웅
폴로네이즈 ^{Polonaise in A flat major, Op. 53}〉의 강렬함을 연상시킵니다. 당시
쇼팽은 폐결핵을 앓고 있었다고 하는데 연주에 빠진 눈빛만큼은 모
든 것을 빨아들일 듯합니다.

「프레데릭 쇼팽의 초상Portrait de Frédéric Chopin」
1838년, 캔버스에 유채, 46×38cm, 프랑스 루브르 박물관 소장

들라크루아Ferdinand-Victor-Eugène Delacroix, 1798~1863는 원래 피아노를 치고 있는 쇼팽과 조르주 상드를 함께 그렸습니다. 쇼팽과 상드는 사랑하는 사이였고 들라크루아는 두 사람의 좋은 친구였지요. 그렇다면 그림은 왜 둘로 나뉘어졌을까요? 답은 예상 외로 간단합니다.

당시에 그림을 소유했던 사람이 그림을 둘로 나누어 팔아 값을 더 받으려했기 때문이라고 하네요. 현재 쇼팽의 초상화는 프랑스 루브르 박물관에, 상드의 그림은 덴마크 코펜하겐에 있는 오드럽가알드 미술관에 있다고 합니다. 두 사람은 죽어서도 함께 있지 못하는군요.

「조르주 상드의 초상Portrait de George Sand」
1838년, 캔버스에 유채, 78×56.5㎝, 덴마크 오드럽가알드 미술관 소장

조반니 볼디니
Giovanni Boldini

조반니 볼디니Giovanni Boldini, 1842~1931는 생전에 초상화가로서 큰 성공
을 거두었지요. 볼디니의 작품 속에 등장하는 남성들은 '댄디'의 이미
지입니다.

베르디Giuseppe Fortunino Francesco Verdi하면 저는 볼디니가 그린 초상화
를 즉각 떠올립니다. 《아이다Aida》, 《리골레토Rigoletto》, 《라 트라비아타
La Traviata》, 《일 트로바토레Il Trovatore》 등 이름만 들어도 가슴 두근거리
는 명작 오페라를 작곡한 그는 이탈리아 오페라 사상 최고의 작곡가
라고 해도 과언이 아닐 겁니다. 〈파리를 떠나Parigi, o cara〉, 〈여자의 마음
La donna è mobile〉, 〈그리운 이름이여Caro nome〉 등 명 아리아가 줄줄이 쏟
아집니다.

프랑코 코렐리Franco Corelli, 주세페 디 스테파노Giuseppe Di Stefano, 카를
로 베르곤치Carlo Bergonzi, 루치아노 파바로티가 무대 위에서 노래하던
베르디의 주인공들은 모두 베르디의 분신들이라고 할 수 있을 겁니다.

「주세페 베르디의 초상Ritratto di Giuseppe Verdi」
1886년, 캔버스에 유채, 65×45㎝, 이탈리아 로마 국립 근대 미술관 소장

요제프 카를 슈틸러

Joseph Karl Stieler

궁정화가 요제프 칼 슈틸러^{Joseph Karl Stieler, 1781~1858}가 그린 베토벤입
니다. 치켜뜬 눈, 다소 헝클어진 머리, 엄숙한 표정, 빨간 머플러를 두
르고 왼손에 〈장엄미사^{Missa Solemnis in D major, Op. 123}〉라고 적힌 오선지
악보를 들고 연필로 악상을 기록하는 이 초상화야말로 가장 잘 알려
진 작품이 아닐까 싶습니다.

베토벤의 교향곡이나 〈장엄미사〉를 이야기할 때 지휘자 헤르베르
트 폰 카라얀^{Herbert von Karajan}을 빼놓을 수 없을 겁니다. 누가 뭐래도
카라얀은 명실공히 20세기 최고의 지휘자 중 한 사람임에 틀림없다
고 생각됩니다. 극도의 완벽을 추구했던 카라얀은 〈장엄미사〉에서 경
건하고 엄숙하며 평안이 느껴지는 연주를 들려줍니다.

「장엄미사를 작곡하는 루트비히 반 베토벤의 초상Portrait of Ludwig van Beethoven when composing the Missa Solemnis」
1820년, 캔버스에 유채, 62×50㎝, 독일 베토벤 하우스 박물관 소장

앙리 레만
Henri Lehmann

초절정 기교의 달인 프란츠 리스트Franz Liszt. 그는 역사상 가장 위대
한 피아니스트이자 작곡자 중 한 사람으로, 피아노 음악에서는 쇼팽
과 함께 '양대 산맥' 격입니다. 베를리오즈Louis-Hector Berlioz, 슈만Robert
Schumann, 바그너Wilhelm Richard Wagner, 파가니니Nicoló Paganini, 쇼팽 같은
음악가들은 물론 화가 앵그르Jean-Auguste-Dominique Ingres, 시인 하이네
Heinrich Heine, 작가 안데르센Hans Christian Andersen과도 친분이 있었다고 하
지요. 이 그림 속에서는 젊은 날의 리스트가 양팔을 감은 채 화면을
응시하고 있습니다. 기품 있고 당당하면서도 세련된 리스트의 모습이
상당히 매력적입니다.

이 그림을 그린 앙리 레만Henri Lehmann, 1814~1882은 역사화가이자 초
상화가입니다. 그는 독일 태생으로, 열일곱 살 때 파리로 건너가 신고
전주의 회화의 대가인 앵그르에게서 그림을 배웠습니다. 몇 년 뒤 활
동 무대를 로마로 옮겨 작곡가이자 피아니스트인 리스트 및 그의 연
인인 마리 다구Marie d'Agoult와도 친구가 되었지요. 레만은 쇼팽, 스탕달
Stendhal 등 당대 유명 인사들의 초상화를 많이 그렸습니다. 종교화, 장

「프란츠 리스트Franz Liszt」
1839년, 캔버스에 유채, 140×87㎝, 프랑스 카르나발레 미술관 소장

르화, 역사화, 초상화 등 여러 장르의 작품을 그렸는데, 프랑스 최고의 훈장인 레종 도뇌르 Légion d'Honneur 훈장까지 받고 프랑스 시민이 되었다고 합니다. 그의 제자로는 인상주의 화가 카미유 피사로, 조르주 쇠라, 바르비종파 화가인 쥘 뒤프레가 있습니다.

장 오귀스트 도미니크 앵그르
Jean-Auguste-Dominique Ingres

〜⌒〜

'악마의 바이올리니스트'라는 별명을 얻었던 파가니니의 초상입니다. 악마와 계약을 맺고 바이올린 연주 기술을 전수 받았다는 소문이 나돌았을 정도로 파가니니는 인간이 연주할 수 있는 경지를 넘어선 최고의 바이올린 연주자였습니다. 그의 곡들은 곡예를 하듯 아슬아슬해 팽팽한 긴장감을 자아냅니다. 루지에로 리치^{Ruggiero Ricci}, 살바토레 아카르도^{Salvatore Accardo}, 우토 우기^{Uto Ughi} 등 저마다 터질 듯한 열정과 개성, 뛰어난 음악성과 현란한 테크닉으로 무장된 우리 시대의 파가니니들은 그 긴장감을 유감없이 재현합니다.

도대체 파가니니는 어떻게 생겼을까? 한창 그의 음악에 빠져있을 때 초상화를 찾아보곤 했는데, 우선 장 오귀스트 도미니크 앵그르^{Jean-Auguste-Dominique Ingres, 1780~1867}가 그린 파가니니를 발견했습니다. 그는 프랑스 신고전주의의 대가인 다비드^{Jacques-Louis David}의 제자이자 조금 전에 본 리스트의 초상화를 그린 앙리 레만의 스승이지요. 앵그르는 몇 년 간 오케스트라에서 바이올린을 연주하면서 생활비를 벌 정도로 연주가 수준급이었던 모양입니다. 이후에도 그는 취미로 바이올린을 연주했다고 합니다. 이 그림의 파가니니는 날렵하고 예민하다

기보다 고상하고 차분해보입니다.

「니콜로 파가니니의 초상Portrait de Niccolò Paganini」
1819년, 종이에 연필, 29.5×21.6㎝, 프랑스 루브르 박물관 소장

기다림은
비를 타고

빗줄기가 예르 강 위로 여기저기 원을 그려댑니다. 거울 같은 강물 위에 비치는 밝은 하늘과 연둣빛 나무가 산뜻합니다. 나무들 사이로 듬성듬성 보이는 하늘이 환히 밝아오는 것을 보니 머지않아 비가 그치려나 보네요.

귀스타브 카유보트의 〈예르 강에 내리는 비〉입니다. 카유보트는 파리의 상류층 가정에서 태어나 부유한 생활을 했습니다. 인상주의 화가들의 스승 격인 레옹 보나Léon Joseph Florentin Bonnat의 화실에서 미술 공부를 시작했고 모네와 르누아르 같은 인상주의 화가들과 친분을 쌓으며 많은 영향을 받은 화가입니다.

귀스타브 카유보트Gustave Caillebotte
「에르 강에 내리는 비L'Yerres, effet de pluie」
1875년, 캔버스에 유채, 80.3×59.1cm, 미국 인디애나 대학 미술관 소장

예르^{Yerre}는 파리 남동쪽에 위치한 마을의 이름인데, 그 근교를 흐르는 강의 이름도 예르입니다. 예르 강은 카유보트 그림의 단골 소재입니다. 예르 강에서 뱃놀이나 낚시, 혹은 수영하는 그림을 많이 볼 수 있지만 그중에서도 뱃놀이 하는 그림이 많습니다. 잠깐 뱃놀이 그림을 한 편 보실까요?

예르 강의 한가운데서 우리는 노 젓는 남자와 한 배에 타고 있습니다. 안정된 자세로 부드럽게 노를 저어주니 배가 잔잔한 물살을 가르며 유유히 앞으로 나아갑니다.

저기 보이는 사람들도 일찌감치 뱃놀이를 나온 모양입니다. 시원한 강바람에 기분 좋아지네요. 그래도 쾌속은 금물이니 속도를 유지해달라는 당부를 하고 싶습니다.

화가는 그림 밖에 있는 우리가 마치 그림 속의 노 젓는 남자와 함께 있는 것 같은 착각이 들도록 독특하고 재미있게 구도를 잡았습니다. 배의 내부도 굉장히 사실적으로 묘사되어 있습니다. 카유보트의 화집을 들추다 보니 배를 그린 스케치가 꽤 많더군요. 이네스, 아네트, 릴리 등 각각 이름을 붙여 도면을 그리고 스케치할 정도로 그는 배에 열광한 사람이었다고 합니다. 〈배 젓기〉를 보고 있자니 물가로 나가고 싶어지네요.

그런데 아쉽게도 오늘은 그럴 만한 날씨가 아닙니다. 〈예르 강에 내리는 비〉처럼 하루 종일 빗방울이 통통거리거든요. 비에 관한 애틋한 추억 한 조각 없고 아쉽게도 비가 오면 생각나는 사람도 없지만, 이럴 때마다 으레 듣는 음악은 있습니다. 바로 쇼팽의 《전주곡24 Preludes, Op. 28》입니다. 이 곡은 총 스물네 곡으로 구성되어 있는데 언젠가 15번 〈빗방울〉을 우연히 듣게 된 이후 비가 오는 날이면 턴테이블에 이 음반을 걸곤 합니다.

폐결핵에 걸린 쇼팽이 연인 조르주 상드와 마요르카 Mallorca 섬에서 요양을 하던 시절에 상드가 외출한 어느 비 오는 날, 그녀를 기다리다가 처마 밑으로 떨어지는 빗방울 소리를 들으며 작곡한 것으로 알려진 곡입니다.

오디오의 바늘이 15번을 향해 회전하면 영롱한 빗방울들이 창문을 타고 흐르듯 조용한 선율이 흘러나옵니다. 빗방울을 조용히 감상하며 오선지에 음표들을 적어 내려가는 쇼팽의 이미지가 저절로 그려지는 것 같습니다. 분위기가 차분하고 다정하면서도 상냥하거든요.

중간부로 갈수록 어둡고 불안정한 음들이 이어집니다. 비와 눈물은 같다는 팝송도 있습니다만, 눈물이 비가 되어 흐르듯 이내 빗줄기가 굵어지면서 후두두둑 쉴 새 없이 떨어집니다. 음표들도 장조에서 단조로 무겁게 가라앉습니다. 함께 있어도 늘 그리운 상드를 초조하게 기다리는 쇼팽의 마음처럼 말입니다.

귀스타브 카유보트Gustave Caillebotte
「배 짓기La partie de bateau」
1877년, 갠버스에 유채, 90×117cm, 개인 소장 그렇게 한바탕 장대비를 뿌리던 하늘이 파랗게 개면 마음을 가다듬듯 다시 차분하고 낭만적인 음들이 마지막 선율을 장식합니다. 사랑하는 사람을 기다리는 동안 겪었을 감정의 변화가 고스란히 느껴지는 곡입니다.

쇼팽의 〈빗방울〉과 창문을 타고 흐르는 빗방울의 화음이 오묘한 조화를 이루며 귀스타브 카유보트의 〈예르 강에 내리는 비〉처럼 둥글게 퍼져나갑니다. 평생 독신으로 지낸 카유보트에게도 연인 한 명쯤은 있었을 테지요. 그도 쇼팽처럼 연인을 기다리며 빗방울을 그린 건 아닐까 하는 생각을 해봅니다.

이번에는 상당히 도회적인 느낌의 그림도 한 편 감상해보시면 좋을 듯합니다. 고풍스런 건물과 복고풍의 옷차림이 어우러져 제법 근사해 보이지요. 그림의 구도도 당시로서는 매우 독창적이었다고 합니다. 하지만 우산을 받쳐든 행인들의 무심한 얼굴 표정과 고개를 숙인 채 터벅터벅 걸어가는 무미건조한 움직임이 고독한 느낌을 줍니다. 우산을 나눠 쓰면서도 시선을 마주치지 않는 남녀의 모습이 안타깝게 느껴지는 건 저뿐일까요.

그림 몇 점을 감상하셨지만 카유보트는 파리의 일상을 근대적이고 세련된 색채로 화폭에 담으면서 고독이나 권태와 같은 감정

귀스타브 카유보트Gustave Caillebotte
「비 오는 날 파리의 거리Rue de Paris, temps de pluie」
1877년, 캔버스에 유채, 212.2×276.2㎝, 미국 시카고 아트 인스티튜트 소장을 잘 표현하기도 했고 앞서 소개된 그림처럼 때로는 잔잔한, 또 때로는 역동적인 야외 풍경에도 능했던 화가입니다. 한마디로 규정할 수 없는 카유보트 화풍의 매력. 아무래도 그는 팔색조의 매력을 지닌 사나이였나 봅니다.

한없이
경쾌한 블루

"내 청춘을 달래주었던 것,

그것은 바로 음악입니다."

라울 뒤피|Raoul Dufy

라울 뒤피^{Raoul Dufy, 1877~1953}의 〈푸른 바이올린〉을 보노라면 답답한 겨울옷을 벗어던진, 상큼한 봄의 감각이 되살아나는 느낌입니다. 지중해 빛깔 같은 푸른색이 시원스럽지요. 무거운 겨울옷에서 가벼운 봄옷으로 갈아입은 것 같은 산뜻함, 현을 튕기면 금방이라도 울려 퍼질 듯한 발랄함이 보는 이를 압도합니다. 하얀 악보 속의 넘실거리는 악상들은 또 어떻고요. 슈베르트의 자필 악보처럼 가지런하고 깔끔합니다.

뒤피의 그림은 유화마저도 수채화의 느낌이 물씬 풍깁니다. 모르긴 몰라도 공들인 흔적이 없기 때문일 겁니다. 붓에 물감을 찍자마자 단 몇 분도 망설이지 않고 공중으로 붓을 휙 들어 올려

라울 뒤피Raoul Dufy
「푸른 바이올린Le Violon Bleu」
1946년경, 종이에 잉크, 구아슈, 수채, 50.8×67.7㎝

일필휘지로 선을 그려낸 듯합니다. 그의 그림들을 처음 봤을 때 이제까지 본 둔탁한 유화에 작별을 고하고 싶을 정도였습니다. 시간이 갈수록 뒤피가 그린 투명한 느낌의 유화나 수채화, 일종의 불투명 수채화인 구아슈화의 매력에 빠져들게 되었습니다. 그림의 소재도 다양하고 풍부해 몇 번을 봐도 늘 새로운 느낌이지요. 붓끝에서 리듬을 타고 흐르는 간결한 파도며 그가 평생 즐겨 그렸던 소재인 음악은 그렇잖아도 미술의 이웃사촌 격인 음악에 호기심이 많던 저를 붙들고 놓아주지 않습니다. 음악가 집안에서 성장했고, 청춘을 음악으로 달랬다는 뒤피의 작품에서는 음악과 그림이 하나가 됩니다.

뒤피의 그림에서 평생 일관적으로 드러나는 주제는 역시 '파란색' 자체가 아닐까 싶습니다. 시기마다 조금씩 다른 색감을 띤 파란색들은 시간이 흐르면서 자신만의 개성이 묻어있는 유일무이한 빛을 띠고, 단순 명료한 구도 속에서 경쾌함에다 강렬한 깊이까지 더합니다. 뒤피의 그림에 손을 대면 파란 물이 주르륵 흘러내릴 것만 같습니다.

하늘의 색, 바다의 색

「르아브르 바다La mer au Havre」
1924년, 종이에 수채, 43×54㎝, 프랑스 파리 국립 근대 미술관 소장

라울 뒤피
Raoul Dufy

"바다와 멀리 떨어진 곳, 또는 눈부신 물결의 움직임을 조금도 느낄 수 없는 곳에서 산다는 것은 얼마나 큰 불행입니까! 호수 정도로는 결코 만족할 수 없습니다. 화가는 자신이 보고 있는 대상을 비추는 어떤 빛의 성질, 섬광, 대기의 꿈틀거림을 끊임없이 시야에 두어야 합니다." – 라울 뒤피Raoul Dufy

「천사의 해변, 니스Dusk at La Baie des Anges, Nice」
1932년, 캔버스에 유채, 37.8×45.7㎝, 미국 메트로폴리탄 미술관 소장

창문이 활짝 열려있습니다. 열린 창문으로 보이는 하늘과 바다는
경계조차 허물어진 파란 공간입니다. 하늘이 바다이고 바다가 하늘입
니다. 불어오는 바람마저 파란색입니다. 그 파란 바람이 실내를 온통
파랗게 물들이고 있습니다.

「열린 창의 실내Intérieur à la fenêtre ouverte」
1928년, 캔버스에 유채, 66×82cm, 개인 소장

전원
교향곡

"자연으로 가라!"

도시생활이 갑갑하게 느껴질 때면 누군가 이렇게 등을 떠미는 것 같습니다. 마음은 굴뚝같아도 도시에 발이 묶인 제가 고안해 낸 묘안이 있으니, 바로 베토벤의 《교향곡 6번 '전원'》을 방 안 가득 울리게 하는 겁니다.

'전원생활의 회상'이라는 제목이 붙어있는 이 곡은 1808년경 귓병으로 고생하던 베토벤이 그해 여름 도시를 떠나 자연에서 완성한 작품이라고 합니다. 놀랍게도 베토벤이 귀가 들리지 않던 시절에 작곡한 곡이었습니다. 소리 없는 세계에 갇혀있던 그가 창조한 음들은 그 어느 곡들보다 오묘하고 신비롭습니다. 산책하면

빈센트 반 고흐Vincent van Gogh
「비 온 뒤의 오베르Landscape at Auvers after Rain」
1890년, 캔버스에 유채, 72×90㎝, 러시아 푸시킨 예술 박물관 소장서 마주친 짙은 녹음과 싱그러운 들풀, 고운 빛깔과 자태를 뽐내는 향기로운 꽃들, 맑고 영롱한 시냇물, 공중을 자유롭게 날아다니는 새들을 바라보면서, 비록 귀는 들리지 않았지만 눈앞에 펼쳐진 아름다운 풍경과 경이로운 자연의 소리를 자신만의 것으로 재창조해 오선지에 담았던 겁니다. 병을 앓고 있던 작곡가 자신이 그런 자연을 통해 어머니와 같은 치유의 손길을 느꼈던 것일까요. 오선지에 표현된 소리에는 인간과 자연의 교감은 물론 자연의 조화에서 느끼는 감사와 찬미가 가득합니다. 이쯤 되면 베토벤에 대한 이런저런 찬사들은 한낱 호사가의 입에 발린 칭송은 아닌 듯합니다.

빈센트 반 고흐의 〈비 온 뒤의 오베르〉를 보고 있으면 〈전원〉의 마지막 악장 '폭풍우 뒤의 기쁨과 감사 Allegretto: Shepherd's song – Happy and Thankful Feelings after the Strom'가 들리는 듯합니다. 미술 잡지에서 언뜻 보았을 때 일반적으로 잘 알려진 반 고흐의 작품과는 사뭇 다른 느낌이었지요. 차분한 톤과 정갈한 색감, 평온한 분위기가 제 마음에 스며들었습니다. 하늘의 보랏빛 푸르름이나 들판의 초록이 청정한 피톤치드를 듬뿍 뿜어낼 것만 같지 않나요? 그야말로 초록빛깔 기쁨입니다. 비를 흠뻑 맞은 신록과 들풀은 파아란 물을 잔뜩 머금었다가 비가 그치고 나면 물방울들을 또르르 굴려 떨어뜨릴 듯합니다.

초록빛 머금은 전원의 청신함을 맛보셨다면 이번엔 반 고흐가 좋아했던 노란색의 전원으로 초대하겠습니다. 〈수확, 몽마주르를 배경으로〉입니다. 반 고흐의 색은 아무래도 노란색일 겁니다. 그러니 이처럼 노랗게 익어가는 풍성한 가을 들녘은 매우 만족스런 소재였겠지요. 그가 갈구한 '광휘를 발하는 선명한 색채' 중에 노란색의 비중은 꽤 컸으리라 짐작됩니다.

농부들은 힘찬 발걸음으로 덜컹덜컹 빈 수레를 끌고 들녘으로 나와 척척 낫을 들어 서걱서걱 밀을 베고 있습니다. 황금빛 감도는 노란색 들판이 수확의 손놀림 때문에 물결처럼 출렁입니다. 농부는 곡물 더미를 수레 속에 분주히 옮겨 담습니다. 틈틈이 불어오는 시원한 가을바람에 농부는 쓱쓱 이마를 닦습니다. 바쁜 수확의 손길과 황금 들녘의 출렁임은 신명나는 음악이 됩니다.

반 고흐가 동생 테오에게 쓴 편지를 보면 이 그림을 그리는 동안 반 고흐 역시 밭에서 직접 수확을 하는 농부보다 결코 편하지 않은 생활을 했다고 합니다. 그만큼 그림 그리기는 노동 중의 노동이라는 말이지요. 부동의 자세로 스케치를 해보면 금방 알 수 있습니다. 목과 어깨, 팔은 물론이고 두 눈도 몹시 피곤해진다는 사실만으로 반박의 여지가 없겠습니다.

사실 저는 반 고흐라는 화가의 작품을 대할 때 다소 거부감이 있었습니다. 그가 생전에 인정받지 못하고 궁핍한 삶을 살다 간

빈센트 반 고흐Vincent van Gogh
「수확, 몽마주르를 배경으로The Harvest」
1888년, 캔버스에 유채, 73×92㎝, 네덜란드 반 고흐 미술관 소장

고뇌하는 화가의 전형이라서가 아니라, 그 이글이글 타오르는 듯한 태양과 꿈틀대는 노란빛 때문이었습니다. 진정한 예술가라면 시대와 그림에 대한 고민은 물론이고 세상과 타협하지 않는 자존심에, 천재들만의 특권(?)인 다소의 광기, 이렇게 삼박자가 갖추어져야 한다는 저만의 기준에 부합하는 화가였지만 말이지요. 하지만 그가 동생과 주고받은 편지를 읽고 나서 반 고흐라는 사람을 조금 이해할 수 있게 되었습니다.

"진정한 화가는 캔버스를 두려워하지 않는다"라고 반 고흐는 말했습니다. 예전엔 미처 몰랐습니다. 광기 어린 색채는 치열한 삶의 흔적이었고 집어삼킬 듯 이글거리는 붓의 터치는 예술에 대한 절대적 사랑이었다는 것을. 전심전력으로 그림에 스스로를 내던지고 그림을 위해 생명을 건 반 고흐의 작품이 사랑받는 이유를 알 것 같습니다.

5부

산다는
것

케테 콜비츠Käthe Kollwitz
「죽음Death」
1897년, 석판화, 22.4×18.3㎝, 미국 드 영 미술관(FAMSF) 소장

침묵 속의
절규

"눈이 멀 정도로 슬픈……."

상명지통 喪明之通

살아남은 자의 죄책감 혹은 슬픔을 품고 평생을 사는 사람들이 있습니다. 〈죽은 아이를 그리는 노래Kindertotenlieder〉를 작곡한 구스타프 말러Gustav Mahler가 바로 그런 사람이었지요. 큰형과 나머지 일곱 명의 형제가 자신보다 먼저 죽는 불행을 목격하면서 산다는 것 자체가 큰 죄책감이 되어 평생을 괴로워했다고 합니다. 그뿐 아니라 자식을 먼저 떠나보내는 지독한 고통과 슬픔까지도 겪었습니다. 자식을 가슴에 묻었으니 치유할 수 없는 큰 상처로 남았을 것이 분명합니다.

화가 중에서 케테 콜비츠Käthe Kollwitz, 1867~1945만큼 '죽음'이라는 주제를 나직하고도 절실하게 표현한 이도 없을 겁니다. 그녀는 전쟁이나 물질적 궁핍, 빈곤 등 소외된 사람들의 비참한 생활상이나 저항, 반란이라는 사회문제에 지대한 관심을 가지고 세상을 끌어안은 화가로 잘 알려져있습니다. 부자연스럽고 어색하고 진실하지 못한 것을 참지 못했던 그녀는 상류층이 하류층을 지배하는 비인간적인 모습을 보며 괴로워했다고 합니다. 그러니 가지지 못한 자들의 불행이 작품에 자주 등장하는 것은 지극히 당연한 일이겠지요.

좁고 컴컴한 방에 아버지와 어머니, 그리고 아이가 있습니다. 아이의 옆에는 해골 형상을 한 죽음이 아이의 목을 감고 있습니다. 아이는 금방이라도 숨이 넘어갈 듯합니다. 어쩌면 이미 저 세상으로 갔는지도 모르겠습니다. 아이를 등지고 앉아있는 어머니의 앙상한 얼굴에는 어둠이 드리워졌고 아이를 지극정성으로 돌보았을 두 팔과 손은 축 처져있습니다. 죽음은 어머니의 팔을 흔들어보지만 어머니는 이미 넋이 나간 듯합니다. 아무것도 할 수 없었던 아버지는 뒷짐을 진 채 고개를 떨구고 있을 뿐입니다. 삶의 전부와도 같았던 자식의 죽음 앞에서 망연자실한 이 아버지에게, 산 사람은 살아야 하니 빈사지경인 아이의 어머니를 일으켜 세우라고, 어서 마음을 다잡고 다시 시작하라고 쉽게 말할 수 있을까요?

한 가닥의 희망을 걸고 기도했을 촛불도 곧 꺼질 것처럼 희미합니다. 촛불이 꺼지면 방에는 어둠과 적막이 깔리고 부모는 암흑

속에서 절망과 슬픔에 가슴이 찢어질 듯해도 목숨이 붙어있는 한 삶을 이어나가야겠지요. 작곡가 말러처럼 살아남은 자의 죄책감을 평생 안고서 말입니다. 다시 일어설 수 있도록 그저 마음속으로 조용히 위로를 보낼 뿐입니다.

고통, 슬픔, 체념……. 그녀의 작품에는 이 모든 감정이 고요하지만 강렬하게 표현되어 있습니다. 자신의 감정을 겉으로 잘 드러내지 않던 차분한 심성의 소유자 케테 콜비츠. 화가의 이러한 품성이 반영된 침묵 속의 절규가 제 마음을 송두리째 흔듭니다.

죽음의 부름

케테 콜비츠
Käthe Kollwitz

창백한 얼굴로 고개를 떨어뜨린 아이를 안은 여인이 잔뜩 웅크리고
있습니다. 슬픔을 가누지 못해 아이를 안은 채 그대로 돌이 되어버린
듯합니다. 아이를 감싸 안은 여인의 팔과 고통으로 일그러진 표정에
서 슬픔의 몸부림이 고스란히 전해져옵니다.

「죽은 아이를 안고 있는 여인Woman with dead child」
1903년, 동판화, 39×48㎝, 미국 워싱턴 국립 미술관 소장

시커먼 망토를 두른 죽음이 억센 팔로 아이들에게 달려들고 있습니다. 죽음이 덮치고 있는 아이들 중 한 아이는 막아보려고 애를 쓰며 두 손으로 죽음의 팔에 매달려 저항하고 있고 또 다른 아이는 몸을 돌린 채 기겁을 합니다. 죽음의 뒤로 부리나케 내빼듯 도망치는 아이의 모습도 보입니다.

슈베르트의 가곡 〈마왕 Der Erlkönig D. 328, Op. 1〉과 같은 듯 다른 느낌의 그림입니다. 이 그림에서는 죽음이 인정사정없이 아이를 낚아채려 하지만 슈베르트 〈마왕〉 속의 죽음은 은근히 그리고 서서히 유혹하듯 다가옵니다. 그렇다 하더라도 두려움에 떨며 저항하는 아이의 이미지는 〈죽음이 아이들에게 덤벼들다〉나 〈마왕〉에서나 매한가지입니다.

「죽음이 아이들에게 덤벼들다 Death seizes a group of children」
1934년, 석판화, 50.1×41.9㎝, 미국 LA 카운티 미술관 소장

윌리엄 부그로
William Bouguereau

성경의 〈창세기〉 4장에 등장하는 카인과 아벨의 이야기를 담은 그림입니다. 인류 최초의 살인이라 부르는 이 작품에서 최초의 인간인 아담과 그의 부인 이브가 아들 아벨의 죽음 앞에서 비통함에 빠져있습니다. 아벨을 죽인 것은 바로 형 카인이지요. 이로써 아벨은 인류 최초로 죽음을 맞이하게 됩니다.

무릎에 늘어져 누워있는 아들의 싸늘한 시체 앞에서 아담은 복받치는 감정을 억누르려는 듯 왼손으로 심장을 잡고 있습니다. 이브는 터져 나오는 슬픔을 참지 못해 남편 아담의 가슴에 얼굴을 묻고 흐느낍니다.

윌리엄 부그로 William-Adolphe Bouguereau, 1825~1905 는 프랑스의 화가로, 신화와 종교를 주제로 한 그림과 초상화를 많이 그렸습니다. 그의 화풍은 자크 루이 다비드나 앵그르의 신고전주의와 같은 선상에 있다고 보시면 되겠습니다. 그는 완벽을 기한 표현력과 엄격한 형식, 색채로 프랑스 아카데미 회화의 진수를 보여줍니다.

「최초의 슬픔The First Mourning」
1888년, 캔버스에 유채, 203×250㎝, 아르헨티나 부에노스아이레스 국립 박물관 소장

「아담과 이브가 아벨의 시신을 발견하다The body of Abel found by Adam and Eve」
1826년경, 목판에 금, 펜과 잉크, 32.5×43.3㎝, 영국 테이트 갤러리 소장

윌리엄 블레이크
William Blake

앞서 본 부그로의 그림과 같은 주제의 그림입니다. 영국의 시인이자 화가, 판화가인 윌리엄 블레이크[William Blake, 1757~1827]의 작품인데, 음산하고 불가사의한 느낌이 듭니다. 블레이크의 다른 작품들을 보면 마치 공상과학소설을 보는 듯한 환상과 괴기, 신비로움이 공존하지요. 시대를 앞서가는 그의 화풍은 당시에는 제대로 평가받지 못했고 사후에야 인정을 받았습니다. 애플의 창립자인 스티브 잡스[Steve Jobs]는 생전에 블레이크의 시집을 읽으며 상상력과 영감을 얻었다고 하지요.

동생 아벨을 죽인 카인의 머리 위로 하늘은 진노한 듯 먹구름이 끼어있습니다. 아벨의 시체를 묻으려고 삽으로 이미 구덩이를 파놓았으나 부모가 나타나자 삽을 내팽개치고 달아나는 모양입니다. 당황스러움이 역력한 표정과 두 손으로 머리를 움켜쥔 모습, 달아나려고 몸을 돌린 동작에서 생동감이 느껴집니다. 이미 시체가 된 아벨 위로 길게 축 늘어진 어머니 이브의 몸짓과 애통함이 안타깝습니다.

기도하는
손

"기도하는 손이 가장 깨끗한 손이요,

가장 위대한 손이요,

기도하는 자리가 가장 큰 자리요,

가장 높은 자리다."

알브레히트 뒤러 Albrecht Dürer

이가 딱딱 마주 닿을 정도로 추운데 보일러까지 말썽을 부리던 날 빨래를 해보신 적 있나요? 얼음장처럼 차가운 물만 나와 좀체 엄두가 나지 않아도 어디 한번 해보자 하는 마음으로 팔을 걷어붙여보신 적이 있는 분들은 아실 겁니다. 고무장갑을 껴도 손은 금세 차가워지고 겨우 스웨터 한 장 헹구었을 뿐인데 손가락 끝이 벌개져 얼얼합니다.

보일러는커녕 연탄 때기도 힘들었던 시절 우리 어머니들은 얼마나 고생을 하셨을까요. 전쟁을 겪고 끼니조차 때우기 힘들었던

알브레히트 뒤러Albrecht Dürer

「기도하는 손Betende Hände」

1508년, 종이에 브러시와 잉크, 29.1×19.7cm, 오스트리아 알베르티나 박물관 소장

그때, 몇 킬로미터나 되는 길을 나서서 물을 긷고 살얼음이 언 강물에 빨래를 하고…… 따뜻한 물빨래는 언감생심 꿈도 꾸지 못하셨겠지요. 차디찬 물이 닿은 손가락에 그간 미처 깨닫지 못한 엄마의 노고가 스며드는 듯합니다.

독일 화가 알브레히트 뒤러Albrecht Dürer, 1471~1528의 〈기도하는 손〉을 볼 때면 엄마의 손을 다시 한 번 들여다보게 됩니다. 뒤러에 대해 잘 모르는 사람도 한 번쯤은 보았다고 할 수 있을 정도로 이 그림은 널리 알려져 있습니다. 뒤러로 말씀드릴 것 같으면, 독일 르네상스 시대의 가장 위대한 화가이자 판화가라고 할 수 있겠습니다. 제단화, 종교화, 초상화, 자화상 등 많은 작품을 남겼는데, 섬세한 묘사와 명확한 표현이 압권입니다.

예전에 성화집聖畫集에서 발견한 그림이 있어 잠시 소개해드립니다. 이 그림은 뒤러의 가장 뛰어난 작품으로 꼽히고 있습니다. 너비가 76센티미터이고, 높이는 자그마치 2미터가량으로 실물보다도 훨씬 큽니다. 두 개의 패널로 구성되어 있고 각 패널에는 신약 성경의 주요 인물인 세례 요한, 베드로, 사도 바울, 마가 이렇게 네 명이 있습니다. 왼쪽 패널에는 세례 요한과 베드로가, 오른쪽에는 사도 바울과 마가가 있습니다. 왼쪽의 붉은색 옷을 입은 남자가 요한인데 자신이 쓴 복음서를 읽고 있습니다. 그 옆에는 베드로가 천국의 열쇠를 쥐고 있습니다. 가장 오른쪽 흰색 옷을 입은 예리한 눈매의 남자가 바울인데 한 손에는 덮은 책을, 다른 한 손에는 검을 쥐고 있습니다. 바울의 뒤에서 눈을 동그랗게 뜨고 있는 남자는 마가입니다. 요한은 낙천적인^{sanguine} 체질, 베드로는 무기력한^{phlegmatic} 체질, 바울은 우울^{melancholic} 체질, 마가는 성마른^{choleric} 체질 이렇게 네 가지 체질을 대변한다고 합니다.

요한은 열정적으로 복음을 전파한 훌륭한 사도로 기억되고 있습니다. 베드로는 예수의 가르침을 잘 따른 사도이지만 새벽닭이 울기 전에 세 번 예수를 부정한 고뇌의 전형으로 알려져 있습니다. 그런가 하면 바울은 유대교에서 개종을 해 마지막까지 복음을 전파한 사도이지요. 마가는 사실 사도는 아니고 예수의 행적과 가르침을 기록한 복음사가였습니다.

그렇다면 이렇게 서로 다른 기질의 네 명이 한 곳에 모인 이유는 무엇일까요? 당시의 종교개혁과 연관이 있을 수도 있겠지만 서로 다른 기질을 가진 개개인이 만나 세상을 이루었으니 보다 나은 세상을 위해 하나로 뭉쳐보자는 메시지가 담겨있는 건 아닐까 싶습니다.

이렇게 멋진 그림을 그린 뒤러가 남긴 또 하나의 역작이 바로 〈기도하는 손〉입니다. 삶의 구비구비마다 가족을 위해 쉬지 않고 기도하시는 엄마. 삶의 흔적이 역력한 엄마의 손가락은 나뭇가지

알브레히트 뒤러Albrecht Dürer
「네 명의 사도The Four Apostles」
1526년, 목판에 유채, 212.8×76.2㎝, 독일 알테 피나코테크 미술관 소장처럼 마디가 굵어지고 휘어, 볼 때마다 가슴을 저밉니다. 그 손으로 가족들의 뒷바라지를 해오셨고 그 손을 모아 기도를 하십니다. 그래서인지 엄마의 손을 닮은 〈기도하는 손〉은 제 마음을 아프게도 하거니와 경건하고 숙연한 느낌마저 들게 합니다.

그런데 어느 날 이 그림 속의 손에 얽힌 사연 역시 기막히다는 것을 알게 되었습니다.

소년 뒤러는 화가의 꿈을 안고 고향을 떠나 도시로 갔습니다. 그곳에서 역시 그림 그리기를 좋아하는 소년을 만나 두 사람은 이내 친구가 되었습니다. 둘 다 화가가 되는 것이 꿈인지라 공방에서 그림 수업을 받고 싶었지만 가난해서 학비를 마련할 방법이 없었습니다. 상의 끝에 두 사람은 제비를 뽑아 한 사람이 먼저 돈을 벌어 다른 사람의 학비를 대고 이후 그림 공부를 마친 친구가 다시 학비를 대준 친구의 뒷바라지를 해 주기로 약속합니다. 그렇게 제비를 뽑은 결과, 먼저 그림 공부를 하게 된 사람은 뒤러였습니다. 친구는 약속대로 뒤러의 그림 공부 뒷바라지를 해주게 되었지요.

세월이 흘러 뒤러는 금의환향했고 약속을 지키기 위해 자신을 도와준 친구를 찾아왔습니다. 그러나 고된 노동으로 손이 굳어지고 뒤틀린 친구는 이미 그림을 그릴 수 없는 처지였습니다. 자신의 꿈을 접어야 했던 친구는 그럼에도 불구하고 뒤러의 앞날에

축복을 비는 기도를 드렸고 이 기도를 우연히 듣게 된 뒤러가 눈물을 흘리며 기도하는 친구의 손을 스케치해서 이 그림이 탄생되었다고 하네요.

시종일관 뒤러의 뒷바라지를 해 성공을 도운 친구나, 친구와의 약속을 지키기 위해 성공한 뒤에도 친구를 찾아온 뒤러는 관포지교^{管鮑之交}의 우정을 보여줍니다. 뒤러와 그 친구는 "친구란 두 몸에 깃든 하나의 영혼"이라고 했던 아리스토텔레스의 말을 증명합니다.

자신이 아닌 다른 누군가를 위해 기도하는 손이 있어 세상은 아직 살 만한 것이겠지요.

마흔으로 가는
길목에서

"인간에게 어울리는 방법으로 나이를 먹고,
그때마다 그 나이에 어울리는 태도 또는
지혜를 지닌다는 것은 지극히 어렵습니다."

헤르만 헤세 Hermann Hesse

성큼성큼. 마흔이 다가오는 소리입니다. 그 소리가 이다지도, 시도 때도 없이 가깝게 들리는 건 서점에서 우연히 보게 된 책들의 제목 때문인가 봅니다. '마흔'이라는 글자로 시작되는 책을 세어보니 열 손가락으로 몇 번을 세어도 모자라더군요. 40대를 위한 도서들이 그렇게 많은지 미처 몰랐습니다. 열 살 때 바라본 마흔은 결코 도달할 리 없는 나이였습니다. 아! 마흔이라는 단어의 무게가 이토록 무거울 줄이야.

공자는 마흔을 불혹不惑이라고 했다지요. 하지만 어디 40대뿐이겠습니까. 연령대를 막론하고 흔들림 없이, 두려움 없이 나이를 먹으려면 뭔가 준비가 필요할 것 같습니다. 적어도 원인 모를 조바심을 잠재우려면 말입니다.

프랑스의 작가 앙드레 모루아 André Maurois 는 나이 드는 데에도 기술이 필요하다고 말했습니다. 그는 《나이 드는 기술 Un art de vivre》에서 능숙하게 나이를 먹기 위한 두 가지 방법을 소개했습니다. 우선 나이를 먹지 않는 방법이 있다고 하네요. 즉, '활동을 통해 노화를 모면'하는 것으로, 살아야 할 이유를 가지고 파란만장한 인생을 보낸다든가 감동을 느끼고 살며 학문, 연구에 몰두하거나 일에 몰두하는 것입니다. 다시 말해 열정을 잃지 말라는 뜻이겠지요. 첼로의 성인 카살스 Pablo Casals 가 90세를 넘기고도 지휘 활동을 계속하다가 96세에 타계했고, 쇼팽 스페셜리스트이자 맑은 음색의 피아노 거장 아르투르 루빈스타인 Arthur Rubinstein 이 늦게까지 활동하다가 95세에 생을 마감했다는 사실만으로도 앙드레 모루아의 주장은 납득할 만합니다.

또 한 가지 방법은 나이 든다는 자연현상을 받아들이는 것이지요. 악착같이 붙들려는 사람이야말로 서투르게 나이를 먹는 사람이라고 합니다. "늙는다는 것. 겨울을 위하여 선반에 얹어둔 두 개의 사과. 한 개는 퉁퉁 불어서 썩는다. 다른 한 개는 말라서 쪼그라든다. 가능하다면 단단하고 가벼운 후자의 늙음을 택하라"라고 미셸 투르니에^{Michel Tournier}도 충고합니다. 나이 든다는 현상 자체뿐만 아니라 나이 들수록 자기가 소유한 것에 대한 집착이나 미련을 버리고 마음을 비우라는 의미일 겁니다.

"형제들아 내가 이 말을 하노니 때가 단축하여진 고로 이후부터 아내 있는 자들은 없는 자같이 하며 우는 자들은 울지 않는 자같이 하며 기쁜 자들은 기쁘지 않은 자같이 하며 매매하는 자들은 없는 자같이 하며 세상 물건을 쓰는 자들은 다 쓰지 못하는 자같이 하라. 이 세상의 형적은 지나감이니라."

이 성경 구절처럼 모든 것은 언젠가 사라져버리기 마련이고 나이가 들수록 인생의 종착역은 가까워지기 때문에 사랑하는 가족이나 내가 아끼는 물건과도 이별할 시간이 점점 다가올 겁니다. 짧은 인생살이, 좀 더 관대한 마음으로 타인을 용서하고 모든 것에 관조하는 자세를 가질 때 남은 시간을 더욱 여유 있게 보낼 수 있으리라 생각됩니다만 가슴 속에 열정을 품되 나이 드는 현상을 자연스럽게 받아들이기가 쉽지만은 않을 것 같습니다.

언젠가 화집에서 본 앙리 르바스크^{Henri Lebasque, 1865~1937}의 〈퐁타방의 석양〉은 고즈넉한 분위기에 마음이 차분해지는 그림입니다. 앙리 르바스크는 친구인 앙리 마티스와 함께 1903년에 살롱 도톤^{Salon d'Automne}을 세웠고, 생전에 성공을 거둔 화가 중 한 명입니다. 나비파의 창시자 에두아르 뷔야르, 피에르 보나르와도 교류했고

앙리 르바스크Henri Lebasque
「퐁타방의 석양Coucher de soleil sur Pont-Aven」
1894년, 캔버스에 유채, 36.8×45.1cm, 스페인 티센보르네미서 미술관 소장

라울 뒤피, 앙리 망갱^{Henri Manguin}과도 친분을 유지했다고 합니다. 이 작품의 배경이 된 퐁타방^{Pont-Aven}은 프랑스 브르타뉴^{Bretagne} 주의 지명인데, 고갱을 비롯한 많은 화가들이 머물렀다고 하여 '화가들의 고장'으로 불린다고 합니다.

하늘이 노랗게 물들어가고 있습니다. 어둠이 깔리기 바로 직전까지도 태양은 뜨겁게 타올랐겠지요. 불타오른 뒤에는 세상을 서서히 그리고 아름답게 물들입니다. 자신의 색깔을 완전히 뿜어낸 후 모든 것을 포용하는 능력이 놀랍습니다.

바로 저거다 싶습니다. 자신을 송두리째 불태우다가 세상에 사뿐히 내려앉는 저 태양 말입니다. 열정을 다해 자신의 삶에 최선을 다하고 무대 뒤로 서서히 사라져가지만 체념이 아닌 포용력을 발휘하는 것이지요. 그러니 저 태양처럼 나이 들어야겠습니다.

인생
칠판

"단순하게 살라. 현대인은 쓸데없는 절차와
일 때문에 얼마나 복잡한 삶을 살아가는가?"

이드리스 샤흐Idries Shah

동심의 세계를 그림으로 표현한 화가가 있습니다. 앙리 쥘 장 조프루아Henry Jules Jean Geoffroy, 1853~1924라는 이름의 프랑스 화가인데, 그는 아이들의 순수한 모습을 아주 재미있게 화폭에 담았습니다. 그렇다고 해서 마냥 재미있기만 한 건 아닙니다. 장르화가로서 당시의 풍속이나 생활상에 다양한 주제를 담았기 때문에 이런저런 생각이 들 때도 많습니다.

조프루아의 그림 중 〈딱 한 입만〉이라는 그림은 특히 더 그렇습니다. 어린 시절 잘사는 집 아이들이 생전 보지 못한 간식을 들고 와서 오물오물 맛있게 먹고 있으면 주변의 아이들이 우르르 몰려가서는 아이의 앞에 턱을 괴고 앉아 "딱 한 입만!"을 외치던 풍

앙리 쥘 장 조프루아Henri Jules Jean Geoffroy
「문제 풀기Solving the problem」
종이에 파스텔, 27.9×24.1cm

경이 절로 떠오르는 그림입니다. 간식뿐인가요. 희한한 장난감, 근사해 보이는 옷을 입고 와서 자랑이라도 할라치면 그날은 다른 집 부모님들이 시달리는 날이라는 우스갯소리도 있었지요. 이 화가의 작품에 등장하는 아이들의 모습은 천진하지만 때로는 이렇게 아이들이 속한 환경에서 신분의 차이가 느껴져 안타까울 때도 있습니다.

그림을 자세히 살펴볼까요. 아이 셋이 모여있습니다. 오른쪽에 있는 아이는 한 손에 먹을 것을 쥐고 있는데 아무래도 나눠 먹기 싫은 모양입니다. 손에 든 건 파이인 것 같습니다. 엄마가 싸준 간식 바구니에서 방금 꺼내 한 입 베어 물려고 하는데, 마침 친구들이 두 명이나 몰려와 버렸습니다. 말끔한 옷차림과 신발을 보니 좀 사는 집 아이인 것 같습니다.

그 옆에서 먹을 것을 뚫어져라 쳐다보고 있는 친구의 모습에 저는 그만 웃음이 터져버렸습니다. 아이는 군침이 꼴깍꼴깍 넘어갑니다. 얼마나 먹고 싶은지 손가락 하나가 벌써 입에 들어갔습니다. 저러다 침이 흘러나오게 생겼군요. 그 옆에 서있는 키 큰 아이는 형일까요? "저기, 딱 한 입만 주면 안 될까? 동생이 꼭 먹고 싶은가 봐." 살짝 미소 지으며 말합니다. 물론 형도 동생과 같은 마음일 수 있지요. 형제의 옷차림을 보니 집안 형편이 넉넉한 것 같

앙리 쥘 장 조프루아Henri Jules Jean Geoffroy
「딱 한 입만Give me a bite」
1883년, 캔버스에 유채, 36.8×26.3cm, 개인 소장

지는 않습니다. 그렇다고 간식 하나 챙겨먹지 못할 정도는 아니겠지만 처음 보는 저 맛있게 생긴 파이를 '딱 한 입만' 먹어보고 싶습니다. 웃는 얼굴에 침 못 뱉는다는데, 한 입만 떼어주면 좋겠는데, 파이를 쥐고 있는 아이는 영 그럴 마음이 없어 보입니다. "나도 한 개밖에 없단 말야."

사실 저는 이 화가의 〈문제 풀기〉라는 작품을 먼저 접했습니다. 소년은 간단한 문제 하나를 풀지 못해 눈을 부릅뜬 채 칠판만 바라보고 있습니다. 학교에서 공부 잘하라고 엄마가 옷도 말끔하게 입혀 보낸 모양인데 보는 제가 너무 안타까워서 그렇게 분필만 꼭 쥐고 있지 말고 손가락을 펴 셈을 해보라고 말해주고 싶을 정도입니다.

이 그림을 보자마자 사람들은 박장대소합니다. 저런 간단한 문제 하나를 못 풀다니 어이가 없고 말고요. 저도 배꼽 잡을 뻔했습니다. 고민할 것도 망설일 필요도 없이 바로 답이 나와야 하는데 말입니다. 그런데 가만, 소년의 모자에 적혀있는 건 '당나귀âne'인가요?

프랑스 동료가 들려준 이야기에 따르면, 옛날 프랑스의 학교 교실에는 당나귀 귀가 달린 모자가 있었다고 합니다. 공부를 잘 못하거나 숙제를 안 해 오거나 선생님 말씀을 안 듣는 학생, 바보 같은 행동을 하는 학생이 있으면 선생님이 학생에게 당나귀 모자를 씌웠다고 하네요. 프랑스에서 당나귀는 일반적으로 고집이 세고 바보 같은 동물이라는 인식이 있어서 당나귀 모자를 씌웠다는 겁니다. 발상은 꽤 독특합니다만 아이의 처지를 생각하니 너무 가엾습니다. 만일 당나귀라는 글자가 맞다면 결국 친구들에게 '바보' 소리를 들었을 테니까요.

〈문제 풀기〉를 계속 보다 보니 왠지 씁쓸한 기분이 들었습니다. 답을 적지 못하고 머뭇거리는 소년을 보면서 인생이라는 칠판에 적힌 문제들을 나는 얼마나 잘 풀어왔나 돌이켜보게 됩니다. 고민하고 망설이다 끝내 건네지 못한 말은 또 얼마나 많은가 생각해 봅니다. 전전긍긍할 필요조차 없는 쉬운 일들을 어렵고 복잡하게만 받아들인 순간들, 그저 건네기만 하면 되는 말들을 이리저리 재다가 제대로 전하지도 못하고 마음 한구석에 묻어버린 순간들도 있습니다. 지나고 보면 의외로 간단하게 해결된 적이 많았는데 말입니다.

밥 딜런 Bob Dylan 은 이렇게 노래합니다.

"Don't think twice. It's all right(두 번 생각하지 마세요. 그걸로 됐습니다)."

지금 이 순간 풀어야 할 일이나 건네야 할 말이 있는지 생각해 봅니다. 그렇다면 이번엔 주저하지 말아야겠습니다.

하루하루
감사의 나날

"신은 많은 것을 당신 근처에 감춰놓았다.
문제는 당신 손에 그것을 쥐어주기만 바랄 뿐
찾아 나서지 않는 데 있다."

랄프 왈도 에머슨 Ralph Waldo Emerson

밀레 Jean-François Millet, 1814~1875 의 〈만종〉은 어린 시절 구멍가게는 물론이고 어디서나 볼 수 있던 그림입니다. 다른 곳을 볼 필요도 없지요. 저희 집 안방에도 제가 고등학교에 다니던 시절부터 걸려 있거든요. 흔하디 흔한 그림이라 이 그림이 미술사에서 중요한 위치를 차지하고 있다는 사실은 뒤늦게야 알게 되었습니다.

밀레는 테오도르 루소, 장 바티스트 카미유 코로, 도비니, 쥘 뒤프레, 트루아용 등과 더불어 바르비종파로 잘 알려진 화가인데, 바르비종 화가들은 자연을 표현하는 양식에는 차이점이 있지만 너 나 할 것 없이 모두 자연을 사랑했다는 공통점이 있습니다. 그

장 프랑수아 밀레Jean-François Millet
「만종L'Angélus」
1857~1859년, 캔버스에 유채, 55.5×66㎝, 프랑스 오르세 미술관 소장

중에서도 밀레는 자연과 더불어 사는 소박한 농부들과 그들의 노동, 일상생활을 그림으로 담아냈습니다. 화가 자신이 농사를 지으며 그림을 그렸다니 농부의 삶을 밀레보다 더 잘 그릴 사람은 없었겠구나 싶습니다. 반 고흐는 밀레를 다른 화가들이 본받아야 할 모범적인 화가로 간주했습니다. 또한 "젊은 화가들이 모든 문제에서 의지하고 조언을 구할 수 있는 아버지 같은 존재"라고도 했지요.

〈만종〉을 보면 해가 저물어 어스름해진 하늘과 갈색 평야가 펼쳐져있습니다. 그 한가운데에 남녀가 기도를 하고 있네요. 함께 밭을 일구며 생계를 꾸려나가는 농촌 부부인 듯합니다. 밭일로 흙투성이가 된 투박한 옷과 신발, 하루 종일 손에서 놓지 않았을 농기구와 바구니가 고단했던 하루의 노동을 말해줍니다. 부인은 가슴에 두 손을 가지런히 모으고 있고, 남편은 모자를 두 손에 쥔 채 신실하게 기도를 올리고 있습니다. 비록 작은 광주리에 담긴 감자 몇 개지만 '오늘도 무사히 일할 수 있게 해주시고 양식을 마련할 수 있게 해주셔서 감사합니다'라고 기도드리는 것이겠지요. 작은 것에도 감사할 줄 아는 두 사람의 마음이 아름답습니다.

오늘, 몇 번이나 감사하는 마음을 가졌는지 되돌아봅니다. 하는 일이 뜻대로 잘 풀리지 않는다고, 사람들이 내 마음을 알아주지 않는다고, 남보다 잘살지 못한다고 불평만 늘어놓은 하루는 아니었는지요. 이무라 가즈키요井村和淸는 〈당연한 일〉이라는 시에서 당연하다고 받아들이는 모든 것을 잃어버리고 나서야 감사하는 마음을 갖게 된다고 말합니다. 그는 섬유육종 때문에 오른쪽 다리를 절단했지만 초인적인 인내심을 발휘해 사명을 다하다가 암이 폐로 전이돼 31세라는 젊은 나이로 세상을 떠난 일본인 의사입니다.

　우리가 가진 것은 헤아려보면 참 많을 겁니다. 단지 깨닫지 못하거나 만족하지 못하는 것이겠지요. 사자성어에는 '안분지족安分知足', 영어 속담에는 '당신이 받은 축복을 세어보라Count your blessings'는 말이 있습니다. 행복이 다가오기만을 학수고대하는, 어찌 보면 가장 불행한 남자 '고도Godot'처럼 살지 않으려면 감사하는 마음을 잃지 말아야 할 것 같습니다. 당장은, 이렇게 좋은 그림과 시를 만나게 해주셨으니 감사해야겠습니다.

당신의
갈라테이아

외화로 제작된 그리스 로마 신화를 보신 적 있나요? 조각상처럼 생긴 배우들이 하늘하늘한 파스텔 색감의 의상을 걸치고 신전에서 노니는 모습은 환상과 신비 그 자체입니다. 신화 하면 고작 단군신화, 박혁거세 설화 정도밖에 몰랐던 어린 아이를 단 몇 분만에 그리스 로마 신화의 세계에 빠져들게 했던 외화입니다. 덕분에 제우스, 헤라, 아프로디테 같은 신화의 주연급 이름들도 익힐 수 있었습니다.

신화 중에서도 변신에 관한 이야기는 압권입니다. 제우스가 다양한 모습으로 변신해 아내 헤라 몰래 다른 여인들을 만나고 바람을 피웠다는 이야기는 물론, 자신의 바람기 때문에 질투심에

사로잡힌 헤라를 잠재우기 위해 제우스가 상대편 여성을 변신시
킨 이야기 등이 가득하니까요. 루브르 박물관 전시회에서 본 안
루이 지로데 트리오종 Anne-Louis Girodet de Roussy-Trioson, 1767-1824의 〈피그
말리온과 갈라테이아〉에도 낭만적인 변신 이야기가 등장합니다.

먼 옛날 여자를 혐오하던 피그말리온이라는 조각가가 있었습니
다. 여자 보기를 돌같이 하려 했겠지만 남녀 관계라는 것은 본디
자석처럼 끌어당기는 그 무엇이 아니겠는지요. 멀리하려고 해도
쉽지 않았을 것이고 오히려 더욱 간절해졌던 모양입니다. 피그말
리온은 차라리 자신이 직접 여자의 입상을 조각하기로 했습니다.
그리고는 완성된 조각상을 항상 곁에 두고 보고 쓰다듬고 껴안아
보기도 했습니다. 조각상에 말을 걸기도 하고 진주나 구슬 같은
것을 사다 주기도 했습니다. 심혈을 기울여 만든 아름다운 조각
상을 그렇게 애지중지했으니 정이 담뿍 들어버렸겠지요.

마침내 피그말리온은 자신이 조각한 입상과 사랑에 빠져버리고
맙니다. 급기야는 사랑의 여신 아프로디테에게 자신이 조각한 입
상처럼 아름다운 여인을 달라고 기도하기에 이릅니다. 아프로디
테는 그의 간절한 소원을 들어주기로 하고 조각상에게 생명을 불
어넣습니다. 그토록 애지중지하던 조각상이 드디어 진짜 여인으
로 변신하게 된 겁니다. 피그말리온은 조각상 여인에게 갈라테이
아라는 이름을 붙여주었고 두 사람은 맺어지게 되었다고 합니다.

안 루이 지로데 트리오종Anne-Louis Girodet de Roussy-Trioson
「피그말리온과 갈라테이아Pygmalion et Galatée」
1819년, 캔버스에 유채, 253×202㎝, 프랑스 루브르 박물관 소장

안 루이 지로데 트리오종은 자크 루이 다비드를 스승으로 두었던 화가로, 문학과 철학에도 조예가 깊었다고 합니다. 그가 그린 〈피그말리온과 갈라테이아〉를 보세요. 참 화사하고 아름답지요? 조각상에서 살아있는 여인으로 변신 중인 갈라테이아는 우윳빛 피부와 자그마한 얼굴에 또렷한 이목구비, 황금 비율의 몸매까지 정말 완벽에 가까운 외모를 하고 있습니다. 수줍은 듯 고개를 살짝 떨구고 한 손을 가슴에 살포시 얹은 모습은 아름다움을 한층 돋보이게 합니다. 피그말리온의 간절한 소원이 이루어지는 순간입니다.

과연 열과 성을 다해 조각하고 아끼고 그토록 오랜 세월을 열심히 기도해온 보람이 있습니다. 이게 꿈이냐 생시냐, 피그말리온이 갈라테이아의 피부를 만져보려고 손을 뻗고 있습니다. 놀라움과 황홀함을 감출 길이 없겠지요. 그럴 줄 알았다는 듯 에로스도 꽤 흡족한 표정이네요.

장 레옹 제롬 Jean-Léon Gérôme, 1824~1904이라는 화가가 그린 〈피그말리온과 갈라테이아〉는 앞의 그림과 사뭇 다른 느낌입니다. 그는 역사와 신화에 정통한 아카데미즘 화가이자 오리엔탈리즘에 심취한 화가로 알려져 있습니다. 저는 이 그림에서 피그말리온의 절실함이 더욱 강렬하게 다가오는 것 같습니다. 얼마나 급했으면 조각상에서 여인으로 채 변신이 끝나기도 전에 피그말리온의 손이 벌써 갈라테이아의 허리를 잡아당기고 있을까요. 갈라테이아도 이에 화답하듯 그의 어깨를 꼬옥 끌어안고 있으니 피그말리온으로서는 참으로 다행입니다. 갈라테이아가 깨어나자마자 "누구죠? 이손 치워요!" 했다거나, 앙드레 지드의 소설 《전원교향악 La Symphonie Pastorale》의 제르트뤼드가 자신에게 새 삶을 준 목사님 말고 그 아들을 사랑했던 것처럼 피그말리온이 아닌 다른 남자를 선택했다면 끔찍한 비극이 시작되고 말았겠지요. 약간은 장난스런 표정의 에로스도 '자, 이제 사랑의 화살 하나 날리겠습니다'라는 자세로 커플 탄생을 예고합니다.

안 루이 지로데 트리오종의 그림에서는 배경이나 의상, 등장인물의 자세를 통해 신화의 한 장면을 그대로 보는 것 같습니다. 그런가 하면 장 레옹 제롬의 그림은 생동감이 넘치고 인물의 자세도 매우 적극적입니다. 몇 백 년이 지난 오늘날에도 자주 볼 수 있는 연인들의 모습 아닌가요. 공중에 떠있는 에로스가 없었다면 실제 어느 아틀리에의 풍경으로 착각했을지도 모르겠습니다.

피그말리온이라는 창조자의 손에서 생명력을 얻은 갈라테이아. 물론 여신 아프로디테의 도움이 있긴 했지만 피그말리온은 자신의 손으로 직접 이상적인 조각상인 갈라테이아를 만들어내고 아끼고 사랑하고 기도하다가 마침내 그 대상에 생명력을 불어넣게

장 레옹 제롬Jean-Léon Gérôme
「피그말리온과 갈라테이아Pygmalion and Galatea」
1890년경, 캔버스에 유채, 88.9×68.6㎝, 미국 메트로폴리탄 미술관 소장

된 것이지요. 어떻게 보면 우리는 모두 창조자 피그말리온이 아닐까 싶습니다. 자신의 인생을 어떻게 만들어 나아가느냐 하는 것은 각자에게 달려있기 때문입니다. 그렇다면 각자의 꿈이나 이상은 갈라테이아라고 할 수 있겠지요.

어떤 상황에서도 나만의 갈라테이아가 있다면 삶의 의미는 퇴색되지 않을 겁니다. 갈라테이아에게 생명력을 불어넣기 위해 부단히 노력하고 가꾸고 인내심을 발휘해 소망하다 보면 언젠가는 결국 이루어질 테니까요. 노력, 인내, 그리고 간절함이 하나가 될때 비로소 꿈과 이상은 이루어진다는 사실을 피그말리온과 갈라테이아의 이야기에서 다시 한 번 깨닫게 됩니다.

거침없이
오르기

싸늘한 정적이 흘렀습니다. 의사 선생님과 엄마, 그리고 저, 세 사람 중 어느 누구도 말을 잇지 못했습니다. 떠밀리듯 진료실을 나와서는 그대로 주저앉아 망연자실했습니다. 아버지를 잃은 슬픔이 채 가시기도 전에 운명은 또다시 굴복의 희생양을 찾아왔던 겁니다. 엄마에게 암이라니······.

순간순간 크고 작은 일이 닥쳐도 동요하지 않고 평정을 잃지 않으려 했건만, 어떤 상황에서도 자신의 마음을 잘 지키고 흔들리지 않는 사람이 대인이라고 했건만, 엄습해오는 두려움과 절망 앞에 속수무책이었습니다. 삶의 무게가 이다지도 무겁게 내리누르리라곤 추호도 예상하지 못했습니다. '시련도 사람을 키운다'던 어느 작가의 말도, '세라비'*라는 말도 위로가 되지 못했습니다. 앞이 캄캄한 깊은 산속에서 벼랑 끝에 가까스로 매달린 심정이랄까요, 아니면 도와달라는 외침이 끝끝내 허무한 메아리가 되어 돌아와버려 자포자기하는 신세가 된 조난자의 무력함이라고 해야 할까요. 도대체 어찌해야 할까? 그때 저는 답이 없다고 생각했습니다.

하지만 벼랑 끝이라도 꽃은 피어나는 법이고 판도라 상자의 맨 밑바닥에 남은 건 희망이라고 했지요. 그 무렵 카스퍼 다비드 프리드리히의 〈안개바다 위의 방랑자〉는 별처럼 수많은 그림들 중에서 절망의 늪에 빠질 뻔한 저를 구원해준 그림입니다.

카스퍼 다비드 프리드리히는 독일의 낭만주의 화가로 풍경화에 깊은 관심을 갖고 자연 경관들을 화폭에 담았습니다. 하지만 그의 풍경화는 어딘지 모르게 색다릅니다. 신비로우면서도 종교적인 분위기가 느껴진다고 할까요. 자연의 다채로운 모습을 그저 똑같이 그린 것이 아니라 정신적인 느낌을 결합시켰기 때문입니다. 그는 "자신의 내면세계를 발견하지 못하는 화가는 그림을 포기해야 한다"라고까지 말한 화가였습니다. 진정한 예술 작품에는

....

*   C'est la vie   '그것이 인생이다'라는 뜻의 프랑스어

카스퍼 다비드 프리드리히Caspar David Friedrich
「안개바다 위의 방랑자Wanderer above the sea of fog」
1818년, 캔버스에 유채, 98.4×74.8cm, 독일 함부르크 미술관 소장

정신의 숭고함이 있어야 한다는 것이지요.

하늘에 가까이 닿을 듯한 산꼭대기에서 한 남자가 눈앞에 펼쳐진 자연의 모습을 담담하게 바라보고 있습니다. 초인의 경지에 다다른 듯, 관조하는 듯 당당함까지 배어있어 고귀한 분위기를 자아냅니다. 홀로 서있는 뒷모습은 일견 고독해 보이기도 하지만 그와 동시에 시련 앞에 한 발짝도 물러서지 않겠다는 강한 의지도 뿜어냅니다. 적어도 당시의 제겐 초월자가 보내는 희망의 메시지와 다름없었지요. '정신의 숭고함'을 강조한 화가 자신의 신념을 이 작품 하나만으로도 충분히 느낄 수 있었습니다.

이 그림은 "운명의 목을 조르겠다. 다시는 결코 운명이 나를 정복하지 못하도록 만들겠다"라던 베토벤의 불굴의 의지도 되새기게 해주었습니다. 심지어 작곡가 자신의 생애를 바친 것이나 다름없고 소설가 로맹 롤랑Romain Rolland이 "산꼭대기에서 모든 것을 내려다보는 최고의 경지"라고 극찬했던 《교향곡 9번Symphony No. 9 D minor, Op. 125 'Choral'》에서 울려 퍼지는 달관의 자세마저 엿볼 수 있었습니다.

우리는 모두 나그네요 유목민nomad이라고 합니다. 사람은 누구나 그 무엇에도 집착하지 않고 달관한 모습으로 또 다른 길을 향해 내딛어야 하는 방랑의 운명을 타고난 것 같습니다. 그런 의미에서 이 그림 속 주인공에게 '방랑자'라고 이름 붙인 건 아닐까 생각해 봅니다. 그렇다면 저도 달관한 삶을 살기 위해 조금이라도 더 노력해야겠습니다.

　더 이상 머뭇거리고 싶지 않습니다. 실낱같은 희망일지언정, 그 희망에 제 믿음을 온전히 걸고 나아가야지요. 다시는 절망 따위가 마음속을 파고들어올 여지조차 남기지 말아야겠습니다. 한치 앞을 모르는 인생인지라 삶의 구비마다 도사리고 있는 시련의 산이 시도 때도 없이 앞을 가로막을지 모릅니다. 아직 내공이 부족한 탓에 삶의 달인 안데르센처럼 "역경이야말로 삶의 원동력"이라고 호언장담할 수는 없지만 진득한 용기, 희망으로 무장한 정신력, 그리고 삶에 대한 치열한 사랑을 버리지만 않는다면 시련의 산을 몇 번이라도 거침없이 오를 수 있으리라 믿습니다

얀 판 달런Jan van Dalen
「바쿠스Bacchus」
1648년, 캔버스에 유채, 72×58.2㎝, 오스트리아 미술사 박물관 소장

항상
취하라!

"항상 취하라."

샤를 보들레르Charles Baudelaire

얼근한 기운을 뿜어내는 주신酒神 바쿠스의 이미지가 단번에 시선을 사로잡습니다. 머리에는 방금 막 따온 듯한 싱싱한 연둣빛 포도 넝쿨을 얹고 양손에는 정성스럽게 잔을 받쳐 들고 있습니다. 맑은 포도주가 가득 들어있는 잔을 금방이라도 그림 밖으로 내밀 것 같네요. 남부러울 것 없는 만족스러운 표정, 취기로 발그레해진 양 볼, 입가의 넉넉한 미소에 넘어가 술을 마시지도 못하면서 하마터면 넙죽 잔을 받을 뻔했습니다. 어느 전시회에서 만난 17세기 플랑드르 화가 얀 판 달런Jan van Dalen, 1620년경~1653의 〈바쿠스〉입니다.

사람들이 술을 마시는 이유가 가끔 궁금해질 때가 있어 질문을 하면 하나같이 당연하다는 표정으로 이구동성 이렇게 대답합니다.

"취하려고!"

고된 세상살이에 한 잔, 쓰디쓴 추억에 한 잔, 마무리로 한 잔. 그렇게 한 잔씩 목구멍에 털어넣다 보면 글자 그대로 무릉도원이 따로 없다고 하니 세상에 이런 묘약이 다 있나 싶습니다. 모르긴 해도 세상만사 골치 아픈 일들이 일순 사라지는 것처럼 느껴지는 모양입니다.

하지만 '취하다'라는 형용사는 모차르트Wolfgang Amadeus Mozart의 삶을 묘사하기 위한 단어가 아닐까 생각합니다.

모차르트는 다섯 살 때부터 작곡을 하고 탁월한 연주 솜씨로 어려서부터 신동으로 명성이 자자했던 천재 작곡가로 알려져있습니다. 어린 나이에 아버지와 함께 유럽 각지를 여행하면서 풍부한 음악적 체험을 했고 자신의 음악 속에 모든 것을 담아냈다는 사실은 두말할 필요가 없겠지요. 그런가 하면 모차르트는 천재가 아니라 그저 노력하는 소년이었다고 주장하는 사람도 있습니다. 그저 자신의 음악적 재능과 피나는 노력을 토대로 음악사에 길이 남을 업적을 이뤘다는 뜻이지요. 그도 그럴 것이 모차르트는 사망 후에야 천재라는 명성을 얻었다고 합니다. 그를 신이 내린 천재라고 믿고 이미지를 다소 과장해왔음을 부인할 수는 없을 겁니다.

하지만 모차르트가 천재이든 노력파이든 간에 한시도 음악과 떨어져 지낸 적이 없는, 음악에 취한 작곡가였음은 분명합니다. 말로는 풀어낼 수 없는 우주 만물의 오묘한 조화와 신비로운 아름다움, 인간사의 희로애락을 오선지에 거침없이 풀어내고 머릿속을 쉼 없이 떠다니는 악상에 취해 살았기 때문이지요. 그 열정과 도취는 작품 하나하나에 그대로 배어있습니다.

그는 죽음의 그림자가 덮쳐올 때에도 병상에서 고통과 괴로움을 이겨가며 혼신을 다해 《레퀴엠^{Requiem in D minor, K 626}》을 작곡했는데 '눈물과 한탄의 날^{Lacrimosa}'은 그런 단면을 보여주는 곡이라 할 수 있습니다.

"이 생명 다하도록, 이 생명 다하도록 뜨거운 마음 속 불꽃을 피우리라"라고 노래하던 옛날 유행가 가사가 떠오릅니다. 자신의 생生을 온전히 걸고 "태워도, 태워도 재가 되지 않는" 열정을 품은 채 삶의 다양한 모습을 작품으로 승화시킨 모차르트.

'술의 신'하면 흥청망청한 유흥과 피폐함의 원인 제공자로서 무절제와 방탕함, 부질없는 향락의 대명사 격으로 여겨왔는데, 이날 전시회에서 본 바쿠스는 '취하라, 모든 것을 걸고 모차르트처럼 무아지경이 되도록 삶에 취하라'는 메시지를 남겼습니다.

참고
자료

문헌Book

• 가브리엘레 크레팔디 저, 하지은 역(2009),《영원한 빛, 움직이는 색채》_마로니에북스

• 김영숙·노성두·류승희 공저(2005),《자연을 사랑한 화가들》_아트북스

• 노르베르트 볼프 저, 이영주 역(2005),《카스파 다비트 프리드리히》_마로니에북스

• 니코스 카잔차키스 저, 이윤기 역(2010),《그리스인 조르바》_열린책들

• 도라 페레스 티비·장 포르느리 공저, 윤미연 역(2001),《뒤피》_창해

• 로맹 롤랑 저, 이휘영 역(2005),《베토벤의 생애》_문예출판사

• 로제 그르니에 저, 김화영 역(2002),《내가 사랑했던 개, 율리시즈》_현대문학

• 류연형 편저(2001),《차이코프스키》_음악춘추사

• 무라카미 하루키 저, 윤성원 역(2006),《의미가 없다면 스윙은 없다》_문학사상사

• 민은기·신혜승 공저(2009),《서양음악의 이해》_음악세계

• 민혜숙 저(1995),《케테 콜비츠》_재원

• 빈센트 반 고흐 저, 신성림 편역(2005),《반 고흐, 영혼의 편지》_예담

• 샤를 보들레르 저, 김기봉 역(1988),《보들레르의 명시》_세계출판사

• 실비 파탱 저, 송은경 역(1996),《모네:순간에서 영원으로》_시공사

• 아라이 만 저, 김석희 역(2000),《에펠탑의 검은 고양이》_한길사

• 앙드레 모루아 저, 정소성 역(2002),《나이 드는 기술》_나무생각

• 오르한 파묵 저, 이난아 역(2012),《내 이름은 빨강》_민음사

- 윌리엄 셰익스피어 저, 최종철 역(2001), 《오셀로》_민음사

- 이양하 저(2005), 《신록예찬》_을유문화사

- 질 네레 저, 최재혁 역(2005), 《클림트》_마로니에북스

- 츠베탕 토도로프 저, 이은진 역(2003), 《일상 예찬》_뿌리와이파리

- 피에르 쌍소 저, 김주경 역(2000), 《느리게 산다는 것의 의미》_동문선

- 피오렐라 니코시아 저, 유치정 역(2007), 《고갱》_마로니에북스

- 헤르만 헤세 저, 최혁순 역(1984), 《헤세의 명언》_범우사

- 헤르만 헤세 저, 송지연 역(2000), 《나무들》_민음사

- 《NIV 한·영 성경전서 찬송가(개정판)》(2002)_(재)대한성서공회

비문헌TV Program

- EBS 지식채널, '모차르트의 모차르트, 클라라 하스킬'(2006)

작품
색인

가나다순, 완성연도순

삶이
그림을
만날 때

렘피카Lempicka　　　루소Rousseau

53　　　135　　　141　　　145

143　　　144　　　르누아르Renoir　　　르바스크Lebasque
　　　　　　　　　65　　　230

모네Monet　　　　　　　　　모로Morot

158　　　150　　　43　　　114

밀레Millet　　　바지유Bazille　　　반 고흐van Gogh

239　　　58　　　205　　　74

　　　　　　　베리Bergh　　　볼디니Boldini

117　　　202　　　86　　　179

부그로Bouguereau　　　블레이크Blake　　　샤르댕Chardin　　　소로야Sorolla

217　　　218　　　46　　　22

슈틸러 Stieler
181

스토트 Stott
41

시시킨 Shishkin
136

아이블 Eybl
30

앵그르 Ingres
186

워터하우스 Waterhouse
97

제롬 Gérôme
247

조프루아 Geoffroy
235

카유보트 Caillebotte
233

28

188

191

193

25

코린트 Corinth
101

콜비츠 Kollwitz
210

쿠르베 Courbet
214

215

73

70

쿠즈네초프 Kuznetsov
170

클라우슨 Clausen
19

클림트 Klimt
174

133

삶이
그림을
만날 때

테오도르^{Théodore}

132

130

튜크^{Tuke}

102

107

트리오종^{Trioson}

244

프라고나르^{Fragonard}

49

95

프리드리히^{Friedrich}

89

프리스크^{Frieseke}

251

147

149

해섬^{Hassam}

160

호퍼^{Hopper}

165

38

삶이
그림을
만날 때

개정판 1쇄 인쇄 2018년 10월 11일
개정판 1쇄 발행 2018년 10월 17일
지은이 안경숙

펴낸이 김양수
편집·디자인 이정은
교정교열 박순옥

펴낸곳 휴앤스토리
출판등록 제2016-000014
주소 경기도 고양시 일산서구 중앙로 1456(주엽동) 서현프라자 604호
전화 031) 906-5006
팩스 031) 906-5079
홈페이지 www.booksam.kr
블로그 http://blog.naver.com/okbook1234
이메일 okbook1234@naver.com
ISBN 979-11-89254-08-7 (03800)